KB114867

풍운사일

박선우 新무협 판타지 소설

FANTASTIC ORIENTAL HEROES

풍운사일 7

박선우 新무협 판타지 소설

초판 1쇄 찍은 날 § 2015년 1월 30일
초판 1쇄 펴낸 날 § 2015년 2월 6일

지은이 § 박선우
펴낸이 § 서경석

편집부장 § 권태완
편집책임 § 박용서

펴낸곳 § 도서출판 청어람
등록번호 § 제387-1999-000006호
등록일자 § 1999. 5. 31
어람번호 § 제2-2567호

주소 § 경기도 부천시 원미구 부일로 483번길 40 서경B/D 3F (우) 420-822
전화 § 032-656-4452 팩스 § 032-656-4453
http://www.chungeoram.com
E-mail § chungeorambook@daum.net

ISBN 979-11-04-90094-5 04810
ISBN 979-11-316-9137-3 (세트)

풍운사일

박선우 新무협 판타지 소설

FANTASTIC ORIENTAL HEROES

7

CONTENTS

1장

수호전투 (2)

우중충했던 날씨는 기어코 바람이 거세지더니 시꺼먼 구름을 몰고 와 비를 뿌리기 시작했다.

그토록 아름답게 펼쳐졌던 수호의 갈대밭은 바람에 흔들려 좌우로 휘날렸고 그 속에 서 있는 무인들의 모습은 한 폭의 그림이 되어 수호 속으로 잠겨들었다.

운호는 흑룡검을 빼 들고 조용히 서서 혈염공의 반검, 명혈이 움직이길 기다렸다.

이미 운상과 운여는 진무칠절진 속으로 들어가 싸움을 시작했기 때문에 두 사람은 자연스럽게 한쪽으로 이동해서 서로를 마주 보았다.

십오천강의 일인, 혈염공.

두 자루 반검으로 천하 무력 서열 삼십 위에 오른 절대 강자. 이미 운호의 손에 죽음을 당한 십오천강의 마창보다 오히려 더 강한 것으로 알려진 무인이다.

반검이 뜨면 달이 솟고 검은 달의 그림자에 숨어 적의 목을 자른다.

수대 전부터 무림일절로 명명된 월영검법의 소유자이며 살막을 이끌고 한 세대를 풍미한 열혈의 사내.

비록 살귀들을 이끌며 청부 살인을 서슴지 않았기 때문에 무림에서는 존경을 받지 못했으나 살막에서의 그는 신이나 다름없는 존재였다.

운호는 침잠된 눈으로 혈염공이 움직이기를 기다렸다.

선공과 반공의 차이는 이제 그에겐 의미가 없지만 혈염공의 월영검법이 은밀하고 독날(毒辣) 한 것으로 정평이 나 있으니 반공을 택하는 것이 조금 더 유리하단 생각을 가졌기 때문이다.

무력이 무섭게 진화되어 마창과 상대할 때보다 훨씬 강해졌으나 그럼에도 혈염공을 상대한다는 건 엄청난 부담이다.

절대고수들의 대결은 언제 어느 때 상황이 변할지 알 수 없었고 사소한 실수 하나에 목숨을 잃는 경우가 많았기 때문에 최선을 다하지 않으면 오히려 당할 가능성이 컸다.

운호가 기다리자 혈염공의 얼굴에서 희미한 미소가 피어

올랐다.

양손에 하나씩 쥐어진 반검이 기묘하게 꺾이며 그의 손에서 자취를 감추었다.

"네가 나마저 꺾는다면 아마 천하인들은 너를 무천의 반열에 올려놓게 될 것이다."

"나는 그런 것에 의미를 두지 않소이다."

"명예를 원하지 않느냐?"

"명예는 원하오. 하나 허명을 바라는 건 아니오."

"그건 무슨 뜻이냐?"

"십제를 꺾지 못한 무천의 지위는 허명에 지나지 않는다는 말이오."

"크큭… 큭큭큭. 역시 마검이로다."

처음에는 이상하게 새어 나오던 혈염공의 웃음이 점점 커지더니 통쾌하게 변하며 수호의 갈대밭을 휩쓸었다.

운호의 말은 언젠가 기회가 된다면 직접 십제를 꺾겠다는 웅지를 나타내고 있었다.

내공이 담긴 그의 웃음은 진정한 즐거움이 담겨 있는 것이었다.

십제(十帝)를 꺾는다.

지금 마검의 나이대에서 그 누가 십제를 꺾겠다는 투지를 나타낸단 말인가.

그의 웃음은 크고 강렬했으나 그리 오래가지 않았다.

"마검, 너의 웅지가 진정 마음에 든다. 만약 여기서 나를 꺾는다면 경로를 육하로 잡아서 빠져나가라."

"왜 그렇게 해야 하오?"

"놈들이 너의 위치를 물어오기에 산하에서 마지막 대결을 한다고 알려줬다. 아마 지금쯤 놈들은 너희들을 잡기 위해 산하 일대에 천라지망을 깔고 있을 것이다. 네가 강한 것은 알지만 놈들의 힘은 상상하지 못할 만큼 무섭기 때문에 지금은 피하는 게 현명하다. 내가 비록 살막을 이끌며 청부로 살아왔으나 무림이 도탄에 빠지는 걸 바라지는 않는다."

혈염공의 말을 들은 운호가 작게 고개를 끄덕였다.

한 치의 흔들림도 없는 그의 눈이 진실을 말하고 있었기 때문이었다.

산하라면 이곳에서 서쪽으로 오십 리 떨어진 지명을 말하는 것이었다.

수호에서 그리 멀지 않은 산하를 댔다는 것은 의뢰인에게 살막의 움직임을 완벽하게 은폐하기 어려웠기 때문임이 분명하다.

과연 살막은 돈 때문에 이런 의뢰를 받게 된 것일까?

아무리 돈이 중요하더라도 살막 전체를 움직여야 될 정도라면 숙고에 숙고를 거듭해야 되었을 것이다.

더군다나 혈염공은 살귀들을 자식같이 아끼는 것으로 유명했으니 의뢰를 받아들인 것이 이해가 되지 않는다.

무림이 도탄에 빠지는 걸 바라지 않는 청부 살수의 수장 혈염공.

과연 그는 악인인가, 선인인가.

복잡해진 머리가 그의 눈에 담긴 진실을 확인하면서 더욱 복잡해졌다.

이유라도 명확히 알고 싶었으나 그는 자신의 질문에 입을 꾹 닫고 그것에 대해서는 아무런 말도 꺼내지 않았다.

사라졌던 반검은 혈염공이 허공으로 몸을 솟구친 후에야 모습을 드러냈다.

황색의 검기가 만들어낸 반월이 허공을 수놓으며 억수같이 내리는 비를 뚫고 운호를 향해 날아갔다.

한둘이 아니라 수십 개가 넘는 반월은 한 치의 빈틈도 허용치 않고 빽빽하게 공간을 채운 채 운호를 향해 쇄도해 왔다.

피하기엔 늦었고 피할 생각도 없었다.

그랬기에 운호는 느리게 움직이며 흑룡검을 사선으로 그었다.

진정한 강함은 빠름에 있지 않다는 것을 사일검법의 최후 초식 후예사일을 연마하면서 점점 깨달아가는 중이었다.

후예사일을 연마할수록 분광과 회풍에 대한 해석도 기존에 지녔던 것과 달라져 갔는데, 그가 지닌 천룡무상심법과 밀접한 관련이 있는 것 같았다.

운상과 운여는 현천기공을 익혔기 때문에 극에 달한 분광과 회풍이 쾌, 중, 속의 원리 속에서 움직였지만 운호는 달랐다.

검에는 길이 있고 무인에 따라 그 길의 극에 달하는 방법이 제각각 다른데, 운호가 추구하는 것은 심검이었다.

마음으로 움직이는 검.

만천자가 일검으로 태양을 베었다는 사실은 분명 환상이었을 것이다.

어찌 인간의 힘으로 태양을 벨 수 있단 말인가.

그것은 만천자의 심검이 사람들의 눈을 놀라움에 젖게 만들면서 태양이 잘라진 것처럼 보이게 만든 것이 틀림없었다.

그럼에도 경이롭다.

태양을 벨 정도의 심검이라면 어떤 무인이 상대할 수 있을까.

만천자가 고금제일무인으로 칭송받은 것은 당대를 휩쓸었던 비천혈사를 후예사일이라는 천고의 검으로 중단했기 때문이었다.

완벽한 심검 경지의 위력. 그것은 바로 고금제일을 의미하는 것이었다.

운호의 검에서 흘러나온 빛의 물결이 셀 수 없이 날아오던 반월들을 하나씩 격파하고 허공에 떠 있던 혈염공을 향해 날아갔다.

혈염공의 반검이 완전하게 모습을 드러낸 채 소용돌이를

만들어낸 것은 그때부터였다.

충돌이 생길 때마다 바위 깨지는 소리가 들렸다.

예전에 있었던 싸움과는 다르고, 지금 한쪽에서 연속으로 화탄 터지는 소리를 생성시키는 운상과 운여의 싸움과도 달랐다.

퍼석퍼석!

소리는 삭았으나 여운은 강했고 파생되어 흩어지는 기세는 파편이 되어 갈대밭을 휩쓸었다.

공간이 응축되면서 사방이 초토화되기 시작했다.

진무칠절진의 집단전은 운호와 혈염공이 뿜어낸 기세와 충돌하며 점점 거리를 이격시켜 나갔는데, 그쪽의 공간이 움직일 때마다 모든 생물을 소멸시키고 있었다.

무서운 접전.

인간이되 인간이 아닌 자들의 싸움.

혈염공과 백귀들이 살막 전력의 오 할이 넘는다는 말은 결코 거짓이 아니었다.

그만큼 팽팽한 접전이다.

운호는 분광과 회풍을 쓰면서 간혹 후예사일을 섞어 공격을 감행했다.

아직 완성되지는 않았지만 실전을 통해 미비점을 보완하고 싶어서였다.

그러나 그것만으로도 혈염공은 수시로 휘청이며 뒤로 물

러섰다.

분광과 회풍에 대해서는 곧추세우고 버티던 그의 반검은 후예사일이 펼쳐질 때마다 바람에 흔들리는 수호의 갈대밭처럼 비칠거리며 물러섰던 것이다.

혈염공의 얼굴이 점점 허옇게 변해갔다.

가뜩이나 극에 달한 분광과 회풍을 막아내며 계속되는 손해를 보고 있었는데 부지불식간에 들이닥치는 후예사일의 공격은 그의 심신을 조금씩 갉아먹어 한 시진이 지나자 온몸을 피투성이로 만들어 버렸다.

일 장이나 뒤로 훌쩍 물러선 혈염공이 반검을 내린 채 헐떡거리는 숨을 참으며 운호를 노려보았다.

그의 눈은 붉게 충혈되어 있었는데, 틀어놓았던 상투가 잘리면서 머리가 산발되었기 때문에 마치 동굴 속에 숨어 있는 이리의 눈을 보는 것 같았다.

"헉헉, 그게 무엇이냐?"

"뭘 말이오?"

"중간중간에 나를 공격한 그게 뭐냔 말이다!"

"사일검법의 최후 초식이오. 이름은 후예사일이라 부르오."

"헉헉, 커억!"

운호의 대답을 들은 혈염공이 급격하게 호흡을 멈추더니 왈칵 피를 토해냈다.

아마도 그는 심각한 내상을 입은 채 싸움을 계속했던 모양이었다.

한참 동안 피를 토해낸 그가 천천히 허리를 펴고 양손에 든 반검을 추슬렀다.

그의 눈은 운상과 운여에게 죽어간 백귀들을 향하고 있었는데 아련하게 젖어 금방이라도 눈물이 흘러나올 것만 같았다.

얼마나 굉렬한 격전을 벌였는지 운상과 운여의 몸에도 피가 뚝뚝 떨어져 혈인으로 보일 지경이었다.

그럼에도 굳건하게 서 있는 그들의 몸은 당당하기 그지없었다.

손을 들어 피 묻은 입술을 닦아낸 혈염공의 젖은 눈이 운호를 향했다.

"역시 생각대로 안 되는군. 하나라면 충분히 해볼 만했을 텐데 둘이다 보니 부족했던 모양이다. 하긴 그건 나도 마찬가지였으니 어차피 안 되는 거였어. 이보게, 마검."

"말하시오."

"내가 비록 살수로 살아왔지만 네가 생각하는 것처럼 살막을 이끌지는 않았다. 물론 청부가 잘한 짓이란 건 아니다. 그러나 그렇게 해서 번 돈으로 없는 자들을 도왔고 살막의 식구들을 먹여 살렸으니 그리 큰 잘못을 저질렀다고 생각하지는 않는다."

"하고 싶은 말이 무엇이오?"

"약속은 했으나 나는 두렵다. 청귀들에게 살막을 해체하라고 부탁했지만 어쩌면 놈들에게 납치되었던 아들놈은 내 말을 듣지 않을 수도 있다는 생각이 드는구나. 헉헉, 마검… 하나만 부탁을 하자. 만약 세상에 살막이란 말이 흘러나오고 그들을 제거해야 된다는 결정이 내려지면 내 아들만 죽여다오. 아들놈 때문에 아까운 목숨들이 서른이 넘게 죽어갔다. 이제 와서 생각해 보면 아무래도 귀신이 들었던 모양이다. 그러니 마검, 내 아들만 죽이면 나머지는 세상에 흩어져 살아갈 테니 그리해 주게. 그리만 해주면 내 원이 없겠네."

"그렇게 하리다."

"고맙군. 사내로 태어나 명성을 얻었고 사랑했던 사람들과 한평생 같이 살았으니 뭐가 아쉬울까. 헉헉, 커억! 자, 이제 끝내지. 이왕 죽는 거 나를 이렇게 만든 걸로 보내주게. 그런 검법에 죽는다면 저승에 가서도 큰소리칠 수 있을 것 같아."

결국 이거였나.

아들 때문에 의뢰를 받았고 아들 때문에 사랑하는 살귀들을 저세상으로 보냈다는 말이다.

혈염공의 아쉬움과 후회가 스며들듯 가슴으로 들어왔다.

마창도 손자로 인해 그들의 주구가 되었다고 했는데, 혈염공마저 혈육으로 인해 자신의 죽음을 맞이하게 되었으니 불쌍하고 또 불쌍했다.

모든 진실을 알게 되자 전투에서 생성되었던 살기가 자신도 모르게 수그러드는 게 느껴졌다.

살기가 사라지자 반검에 당한 가슴과 팔의 상처가 욱신거리며 아파왔다.

혈염공이 공격을 멈춘다면 여기서 더 이상 싸움을 계속하고 싶지 않다는 생각이 들었다.

하지만 혈염공의 눈은 아련함에서 벗어나 또다시 전의를 내비치고 있었다.

혈인으로 변한 그가 허공을 향해 날아오른 것은 운호가 그의 눈에서 한 방울의 눈물이 떨어지는 걸 확인했을 때였다.

"괜찮냐?"

"안 괜찮아. 엄청 아파."

"엄살떨지 마. 저번에 비하면 그건 부상도 아닌데 뭘 그래."

"건드리지 마. 아프다니까!"

운호가 상처 입은 부위를 슬쩍 때리자 운상이 펄쩍펄쩍 뛰면서 소리를 질렀다.

전투를 할 때는 왕성하게 피가 돌아 고통을 모르게 만들지만 운혈이 가라앉으면 상처는 본격적인 고통을 신체에 전달하게 되는데, 지금이 꼭 그런 시점이었기 때문에 운상의 반응이 이해가 되었다.

소하령이 붕대를 들고 다가오다가 운상이 고통에 겨운 소리를 지르자 운호의 옆구리를 꼬집었다.

"세상에, 아픈 사람을 때리는 게 어디 있어요!"

"내가 뭘 때렸다고. 그냥 만진 거야."

"운상 오라버니가 그냥 만졌는데 저렇게 아파해요? 정말 너무한 거 아니에요?"

"허어, 정말 이게 뭔 일이야. 너무 일방적으로 편드는 거 아니냐?"

"흥, 오라버니가 잘못했으니까 그런 거죠."

"알았다. 알았어. 얼른 가서 치료나 해줘. 금방 떠나야 되니까."

"왜요?"

"너희들은 못 들었겠지만 놈들이 산하를 중심으로 천라지망을 펼쳤다고 한다. 아마 지금쯤 혈염공이 속였다는 걸 알게 되었을 테니 이쪽으로 오고 있을지 몰라. 놈들과 부딪치지 않으려면 최대한 빨리 떠나야 해."

"그럼 어디로 가요?"

"우린 육하로 간다."

길게 가로지른 천잔산맥에는 수도 없이 많은 산들이 꼬리를 이으며 자리했고 겨우겨우 비켜선 곳에는 거대한 협곡이 칼로 잘라낸 듯 파여 있었다.

중경과 호북을 연하고 펼쳐진 천잔산맥은 중원 중부에서 가장 거대한 산들이 포함되어 있었기 때문에 호북에서 중경을 가기 위한 여행객이나 상인들은 천잔산맥을 우회하는 경우가 대부분이었다.

하지만 오늘은 그렇지 않았다.

어디선가 나타난 오색 전포의 무인들이 천잔산맥 중 가장 높은 봉우리의 주인인 성모산의 자락에 몰려들었기 때문이었다.

금방 알 수 있는 통일된 복장.

오색 전포의 무인들은 모두 합해 오백이었는데, 색별로 백 명씩 구분되어 있었다.

성모산을 금방이라도 부술 것 같은 기세.

얼마나 강력한 기운을 뿜어내고 있는지 천잔산맥의 영험한 기운조차 무인들의 기세에 잠겨들 것만 같았다.

그러나 더욱더 무서운 것은 그들을 이끌고 있는 수장들이었다.

어깨에 번개 문양을 매단 그들은 색이 다른 전포를 입었을 뿐 똑같은 투구까지 쓰고 있어 쉽게 구분이 되지 않았으나 슬금슬금 뿜어져 나오는 투기는 닿기만 해도 부서질 것처럼 강력해서 금방이라도 베어질 것처럼 서늘했고, 그 시선에 담긴 기운은 얼마나 현묘한지 마주 보면 피하지 못할 정도였다.

그런 그들도 등을 보이고 있는 사내가 입을 열지 않자 침묵을 지킨 채 서 있기만 했다.

장내를 가로지르는 숨 막히는 긴장감은 분명 사내로부터 흘러나오고 있었다.

허허로운 기운.

무공을 익히지 않은 것처럼 아무런 기세조차 내보이지 않는 사내의 모습은 아름다웠고 섬세했는데, 그 모습에서 압도적인 위압감이 생성되고 있었으니 진정 이해되지 않는 일이었다.

얼마의 시간이 지났을까.

백색 무복을 입은 채 고요히 서 있던 사내가 천천히 움직여 수장들을 바라보았다.

중년의 사내.

수장들을 바라보는 그의 눈매는 너무 깊고 깊어 그 끝이 어디로 향하는지 알아볼 수 없게 만들었다.

"놓쳤다고?"

작은 목소리.

음성은 부드러웠고 아무런 질책도 담기지 않았지만 그 소리를 들은 오호단의 수장들은 움찔하며 고개를 숙였다.

그러자 그 모습을 본 사내가 또다시 입을 열었다.

그의 시선이 닿은 곳은 중앙에 서 있던 백색 전포의 무인이었는데, 그는 오십이 훌쩍 넘었음에도 나이에 비해 체구가 당당한 사람이었다.

"단황야, 이유가 뭐라고 생각하나?"

"소천, 죄송합니다만 아무래도 혈염공이 우릴 속인 것 같습니다."

"속여? 아들이 아직 잡혀 있는 데도?"

"어제 풀어줬다고 얘기해 줬는데 그자는 그걸 믿은 모양입니다. 그렇지 않았다면 이런 짓을 할 리가 없습니다."

노인이 정중하게 허리를 접자 소천이라고 불린 사내가 가볍게 고개를 끄덕거렸다.

단황야의 대답이 그럴 듯했기 때문이었다.

혈염공은 십오천강에 포함되는 절대 강자였다.

어쩔 수 없이 누군가의 지시에 따른다는 것은 죽기보다 싫은 짓이었을 테니 조금의 빌미만 마련되어도 벗어나기 위해 발버둥 쳤을 것이다.

더군다나 그는 십악과는 다르게 심지가 굳은 자였다.

친혈육이 납치되지 않았다면 천의 의뢰를 받아들이지 않았을 만큼 현명한 자이기도 했다.

나이 차가 있는 데도 소천을 대하는 단황야의 태도는 극히 조심스러웠고 정중했다.

예전 청성의 표물을 습격하면서 운호와 싸울 때 보여줬던 오만함과 자신감은 완전히 사라진 채 오직 공경만이 담겨 있었다.

대를 이어 평생을 모셔온 주군 요환의 아들이자 현재 천을 실질적으로 이끌고 있는 소천, 요문은 모든 천의 무인들이 사랑하고 존경하는 존재였다.

아직 성주인 요환이 자리에서 물러나지 않았으나 조만간 대업이 이루어지면 대권은 자연스럽게 요문에게 넘어올 수밖에 없었다.

현명하고 강하다.

수하들에 대한 애정이 깊고, 일에 대한 처리가 사리에 어긋나지 않으며 무력의 깊이는 하늘에 닿아 대적할 자가 없을 정도다.

무천십제가 천하를 굽어본다고 하지만 요문의 무력은 이미 그들을 뛰어넘을 정도로 강해진 지 오래였다.

오호단은 요문의 친위 부대로, 천의 주력 중 가장 강력한 전투력을 가졌다.

성주, 요환이 오호단처럼 강력한 부대를 장자인 요문에게 준 것은 다른 네 명의 아들들이 함부로 대권을 욕심내지 못하게 하려는 의도가 분명했다.

성주의 유일한 제자들이자 아들인 다섯의 대공은 전부 천왕검법을 구 성이 넘게 익혔기 때문에 천하를 넘볼 만큼 대단한 무력을 지니고 있었다.

그럼에도 다른 대공들이 요문의 위치를 넘보지 못하고 있는 것은 성주의 신임이 두터웠고 그를 보좌하는 제장들의 숫자가 많았기 때문이었다.

단황야가 고개를 들지 못한 것은 청귀들을 이용해서 자신의 행적을 교묘하게 숨겨 버린 혈염공의 농간을 파악하지 못한 것이 원인이다.

　놈은 교묘하게 산하로 향하는 것처럼 청귀들을 집단으로 이동시킨 후 반대 방향에 있는 수호에서 최후의 싸움을 벌이는 바람에 천의 주 병력은 엉뚱한 곳에 천라지망을 까는 실수를 범하고 말았다.

　비록 자신이 작전의 선봉에 서 있었던 건 아니었지만 주공이 바라는 결과를 얻지 못한 이상 부끄럽고 죄송스러워 뻔뻔하게 고개를 들고 있을 수 없었다.

　단황야가 고개를 숙인 채 들지 않자 요문의 얼굴이 펴졌다.

　오호단의 수장들은 세상으로 나가면 무림의 무력 서열을 단숨에 바꾸어놓을 만큼 강한 무인들이었는데, 자신의 한마디에 고개를 들지 못하자 마음이 편치 않았다.

　"그만들 하지. 그러고 있으니까 편하게 말하지 못하겠잖아."

　"송구합니다."

　"그나저나 그자가 어디로 간 것 같나?"

　"풍사와 청룡의 말에 따르면 혈염공의 주검이 수호에서 발견되었다고 합니다. 사라졌던 백귀들도 거기에 있었다고 하더군요. 지금 귀곡(鬼哭), 뇌전(雷電), 박룡(博龍)이 추적하고 있는데, 그자들은 아무래도 이미 중경을 넘은 것 같습니다."

"중경이라… 사천으로 가려는 걸까?"

"귀주나 운남으로 갈 수도 있습니다. 제 생각에는 아무래도 운남으로 돌아갈 가능성이 가장 큰 것 같습니다."

"왜지?"

"탕마행은 삼 년을 기약하는 것이었으나 나머지 자들은 천하가 전쟁의 소용돌이에 휘말리면서 모두 점창으로 돌아간 상태입니다. 놈들은 계속되는 우리의 공격에 커다란 위기감을 느끼고 있을 테니 분명 점창으로 돌아갈 것입니다."

"음… 그렇다면 막사검은 점창에 가서 찾아야겠군."

"그자들에게서 막사검을 뺏을 수 있는 자는 없을 테니 아무래도 그리해야 될 것 같습니다."

"대단한 자군. 살막을 혼자서 격파하다니 정말 기가 막힐 정도야. 단황야, 예전에 그자와 손을 나눈 적이 있다고 하지 않았었나?"

"분명 그런 적이 있었습니다."

"지금 그자의 무력이라면 쉽지 않았을 텐데?"

"그때는 전력을 다하지 않았습니다. 그자도 그랬겠지만 저 역시 끝장을 볼 이유가 없었기 때문이었는데, 지금 다시 생각해 보니 소름이 끼치는군요."

"무슨 뜻인가?"

"그 당시 저는 전력을 다하면 절대 지지 않을 거란 판단을 내리고 있었습니다. 하지만 그자가 지금까지 한 짓을 보면 제가 홀로 감당하기에는 무리가 있어 보입니다. 목숨을 걸고 싸웠다면 저는 아마 살아남기 어려웠을 겁니다."

"하긴 그렇기도 하겠어."

"충분히 십제와 자웅을 결해도 밀리지 않을 정도로 강한 자입니다. 벌써 그자에게 당한 백대고수가 여섯입니다. 더군다나 살막을 통째로 세상에서 지웠으니 진정 믿겨지지 않는 일이올시다. 물론 두 명의 조력자가 있었다고 하지만 결코 쉬운 일이 아닙니다."

단황야의 대답을 들은 요문이 가볍게 혀를 찼다.

뭔가 마음에 들지 않는다는 반응이다.

"점창… 구더기처럼 산다고 해서 치지 않았더니 그런 놈들을 길러냈단 말이지. 선대의 원수를 갚는 것보다 대계가 먼저라고 생각해서 그냥 놔둔 게 화근을 만든 모양이군."

"지금이라도 명을 내리시면 점창부터 쓸어버리겠나이다."

"지금까지 참아왔는데 지금에 와서 대계를 망칠 수는 없는 일이야. 우리의 예하 세력들은 이미 모든 전장에 투입되어 발을 빼기 어려우니 점창을 치려면 본성 병력이 나서야 되는데 그리되면 변수가 만들어지게 될지도 몰라. 대계에서 변수를 만든다는 건 실패할 확률이 높아진다는 걸 의미하지."

"그렇다면 중경으로 넘어간 마검 일행은 어찌하오리까?"

"이미 전쟁의 거대한 수레바퀴는 끊임없이 움직이고 있다. 놈들 몇이 우리 일에 대해 조금 알고 있다 해도 변하는 것은 없을 테니 그냥 놔둬. 나중에 대계가 완성되었을 때 제거하면 되지 않겠어?"

육하(陸河).

호북을 벗어나 중경의 북쪽으로 진입하면 장강의 지류 중 가장 길고 큰 강인 미천강이 나오는데, 육하는 백사장 중 가장 커다란 삼각주를 일컫는다.

천이 천라지망을 깔아놓은 산하와는 동북쪽으로 오백 리가 떨어져 있었기 때문에 육하에 도착한 운호 일행은 그때서야 한숨을 몰아쉬며 걸음을 멈추었다.

운호 일행이 수호를 떠나 혈염공이 가르쳐 준 대로 지체 없이 육하를 향해 떠난 것은 삼 일 전이었다.

전력을 다해 움직였고 잠시도 쉬지 않았다.

천이란 조직에서는 벌써 운호 일행에 대한 소멸 의지를 몇 번이고 내비친 적이 있었다.

천검회와 팔황문도 모자라 살막을 움직여 차도살인까지 계획했으니 그들의 의지가 얼마나 강한지 충분히 알 만했다.

살막을 움직여 놓고도 산하에 천라지망을 간 것은 운호 일행을 포함해서 살막까지 한꺼번에 세상에서 지우기 위함이었을 것이다.

죽은 자는 말이 없다는 격언.

세상을 속이는 음모의 주재자, 천은 그들의 대계를 조금이라도 알거나 눈치챌 우려가 있다면 가차 없이 입을 막아버릴 정도로 철저한 자들이었다.

그랬기에 혈염공도 그러한 사실을 눈치채고 결전의 위치를 다르게 전해준 것이 틀림없었다.

다행스러운 일이 아닐 수 없었다.

혈염공이 가르쳐 주지 않았다면 분명 그들은 산하 쪽으로 움직였을 게 뻔했고 목숨이 경각에 달할 만한 위험에 처했을지도 몰랐다.

중경을 통해 사천으로 들어가는 가장 가까운 지름길이 산하였으니 수호에서 움직이는 여행자라면 백이면 백 산하로 갈 수밖에 없기 때문이다.

미지의 세력, 천의 힘은 지금까지 나타난 것만 해도 가공할 정도였으니 적은 인원으로 부딪치는 건 절대 피해야 할 일이었다.

인간의 힘을 비웃기라도 하듯 자연의 위엄은 압도적이었고 광활했다.

끝없이 펼쳐진 육하를 바라보며 운호의 시선이 아련하게 변했다.

이제는 기억조차 하지 못할 정도로 어렴풋이 떠오르는 그의 고향 용현도 이와 비슷한 풍경을 지니고 있었다.

아비의 등에 업혀 고기를 잡으러 나갈 때마다 운호는 세상에서 가장 넓은 것이 아비의 등이라 생각했었다.

한없이 넓었던 아비의 품. 너무나 따뜻해서 벗어나고 싶지 않았고 그 등에 매달려 재롱을 떨었다.

그럴 때마다 아비는 넉넉한 너털웃음으로 그에게 꺼칠꺼칠한 수염을 비벼댔다.

아프지 않았다. 그것이 아비의 사랑임을 어린 나이에도 잘 알고 있었으니 말이다.

어느 날부터 아비와 어미의 손이 거칠어졌고 눈이 퀭하게 들어가면서 동네에 역병이 들었다는 것을 알게 되었다.

무서운 병.

수많은 어른들이 죽었고 수많은 아이들이 병과 배고픔으로 서서히 죽어갔다.

혼자 남아 배고픔을 견디며 고통과 싸울 때 사부님을 만났다.

사부님은 외로움에 지쳐 있는 그를 거두고 오랜 길을 걸어 점창으로 향했다.

지금 생각해 보면 뼈만 남았던 어린아이가 걷기에는 무척 먼 길이었다.

그럼에도 한 번의 투정도 부리지 않았고 힘들다는 말조차 꺼내지 않았다.

산다는 것, 누군가에 의해 목숨을 구원받았다는 것은 믿겨지지 않을 만큼의 인내심을 가져다주기 때문이다.

육하를 떠나 중경을 관통해서 사천으로 들어서자 사람이 달랐고 공기가 달랐으며 물이 변했다.

가는 곳마다 피비린내가 진동했고 무인들이 흘린 피가 지천으로 깔려 사하를 더럽혔다.

검이나 칼 찬 무인들이 나타나기라도 하면 사람들은 공포에 질린 얼굴로 숨기에 바빴는데, 사천은 이미 모든 상권이 정지된 것이나 마찬가지였다.

표국의 운영이 중지되었고 특산물의 교역도 끊긴 지 오래였다.

상인들은 숨을 죽인 채 길을 나서지 않았고, 농사꾼들은 논을 방치한 채 집에 틀어박혀 꼼짝하지 않았다.

사는 것이 사는 것이 아닌 삶.

생업을 포기하는 게 죽는 것보다 낫다는 민초들의 생각은 청당전의 치열한 전투와 함께 비옥했던 사천의 땅을 황폐화시키고 있었다.

2장

재회

　살육의 현장은 곳곳에서 발견되었고 미처 치우지 못한 시신들은 방치된 채 썩어갔다.

　사천은 지옥이었다.

　수많은 생명들이 욕심과 분노란 괴물 앞에서 이슬처럼 사라지고 있었으니 진정 안타깝기 그지없는 일이었다.

　청당전은 벌써 아홉 개의 문파가 참전하고 있었는데, 그들 모두 한 지역을 장악하는 패주들이며 강자들이었고 직간접적으로 수많은 문파들이 연계되어 있었기 때문에 사천은 온통 전쟁의 소용돌이에 휘말린 상태였다.

　피가 피를 불렀고 전쟁은 사천을 넘어 섬서까지 범위를 확장하고 있는 중이었다.

운호 일행은 청성으로 향하며 도처에 방치된 전쟁의 잔재를 확인한 후 점점 무거워져 가는 마음을 멈추지 못했다.

사천이 이런 지경이니 강남에서 벌어지는 혈검쟁투는 오죽할까.

사천은 아홉 개의 거대 문파가 참여했으나 혈검쟁투는 그보다 훨씬 많은 열세 개의 문파가 집단전을 벌이고 있었다.

청성으로 다가갈수록, 그리고 시신들이 더욱 많이 보일수록 그녀에 대한 걱정이 점점 커져 갔다.

이렇게 많은 무인들이 죽어가고 있으니 그녀가 무사할 거란 확신을 하기엔 상황이 너무 불편했다.

공동파와 황보세가의 접전이 벌어지는 망산을 지나면서 불안감은 더욱 커졌다.

거의 오십에 달하는 양측의 무인들은 망산의 전역에서 서로를 죽고 죽이며 피를 흘렸는데, 그 모습이 악귀처럼 보일 지경이었다.

청당전에 참전한 것은 공식적으로 아홉 개 거대 문파였지만 실질적으로 파고들어 가면 무려 사십삼 개의 문파에 이를 정도의 엄청난 규모였다.

지역의 패주란 자리는 은연중 주변 문파의 수장 역할을 하게 마련이고 패주의 전쟁은 그들에게 곧바로 영향을 미치기 때문에 자연스럽게 전쟁의 불씨가 옮겨 붙는다.

미산(眉山)까지 오는 동안 운호 일행은 거의 이십여 차례에 달하는 전투를 확인했다.

미산은 사천의 중앙에 위치한 도시였으니 아직도 청성산까지는 천 리나 떨어진 곳이었다.

전쟁은 피를 먹는 괴물답게 수많은 피를 대지에 젖게 만들고 있었다.

이긴 자도, 진 자도 절대 웃을 수 없는 전쟁의 참화가 징그럽게 머릿속을 헤집으며 운호 일행의 발길을 무겁게 만들었다.

미산에서 잠시 멈춰 휴식을 취한 일행은 여행에 필요한 물품들을 정비한 후 곧바로 청성산을 향해 출발했다.

시간이 없었다.

천(天)의 근거지인 천왕산의 위치를 최대한 빨리 알아내는 길만이 지옥 같은 이 전쟁을 하루라도 일찍 끝낼 수 있는 최선의 방법이다.

첫 번째 목적지로 삼은 천왕산은 청성에서도 오백 리를 더 들어간 곳에 위치하고 있었다.

삼각형을 이루며 형성된 금천(金川), 흑수(黑水), 송반(松潘)은 모두 천왕산을 배경으로 만들어진 도시들이었다.

그랬기 때문에 예상과 예측에서 가장 좋은 입지에 위치한 후보지가 바로 사천의 천왕산이었다.

막사검만 전해주고 곧장 천왕산으로 간다는 것이 운호 일행의 계획이었다.

하지만 운상과 운여는 절대 그렇게 되지 않을 것이라고 추측했다.

사랑하는 여인을 오랜만에 다시 만나면서 어떻게 금방 길을 떠날 수 있단 말인가.

그래서는 안 되고 그럴 수도 없는 일이다.

사람은 정한 길이 있어도 상황에 따라 조금은 돌아가고 쉬어가기도 하는데, 그것이 마음이 시켜 그렇게 한 거라면 분명 후회를 하더라도 슬퍼하지는 않을 것이기 때문이다.

격렬한 싸움이 벌어지는 걸 또다시 확인하게 된 것은 쌍류(雙流)에 도착한 후 얼마 지나지 않아서였다.

쌍류는 백마강의 줄기가 문호산에서 두 개로 갈라져 흘렀다가 다시 합해지는 곳에 위치한 넓은 평야 지대를 말한다.

운호 일행은 집단전이 벌어지는 평야를 바라보다가 억눌린 한숨을 무겁게 흘려냈다.

지금까지 벌어진 어떤 전투보다 험악했고 치열했다.

그러나 운호 일행의 입에서 신음 소리를 만들어낸 건 다른 이유 때문이었다.

청성과 당문.

쌍류에서 벌어지고 있는 전투는 청당전의 핵심 세력인 청성과 당문의 싸움이었던 것이다.

운호 일행은 멀찍이 떨어져서 지금까지 해왔던 것처럼 그저 지켜보기만 하고 있었다.

타 문파의 집단전에 참견한다는 것은 자칫 점창을 전쟁의 회오리에 휘말리게 할 수 있는 빌미를 만들게 된다.

그랬기에 지금까지는 그저 잠시 지켜보다 자리를 피하곤 했다.

본다는 것 자체가 고통이었다.

수많은 목숨을 끊으며 손에 피를 묻혀왔으나 한 번도 살아 있는 생명을 죽이면서 희열을 느낀 적은 없었다.

죽어간 자에 대한 연민을 느꼈고 생명을 죽인 검을 바라보며 언제나 회한에 젖어왔으니 전쟁을 흥미로 보려는 생각은 추호도 없었다.

그럼에도 이번 전투에는 시선이 갔다.

두 문파가 워낙 그에게 밀접한 관련이 있었기 때문이었고 전투의 치열함이 다른 곳에 비해 훨씬 지독했기 때문이었다.

가까운 능선에 올라 전투를 지켜보던 운호의 안색이 하얗게 변한 것은 운상과 운여가 싸움의 양상을 분석하고 있을 때였다.

그녀가 거기에 있었다.

전투 외곽에서 분전하고 있는 여인은 그가 꿈속에서조차 그리워하던 한설아가 분명했다.

피에 젖은 모습.

어디를 다쳤는지 조금은 불편해 보였음에도 그녀는 한 치도 물러서지 않고 당문 무인들의 공격을 방어하고 있었다.

운호의 몸이 경직되자 운상의 눈이 가늘어졌다.

내공이 삼화취정에 오른 그는 공기의 파장이 조금만 변해도 금방 알아차릴 만큼 극한의 경지까지 오른 상태였다.

"운호, 왜 그러냐?"

"저기, 설아가 있다."

"뭐라고!"

운호의 손짓에 운상과 운여의 시선이 한꺼번에 몰렸다.

그런 후 금방 한설아를 확인하고 몸을 경직시켰다.

상황이 좋지 않다.

부상을 입은 상태에서 분전하고 있지만 결코 좋은 상황은 아니었다.

전투의 양상은 팽팽했지만 점점 당문 쪽으로 승기가 기울어지고 있었으니 이대로 방치했다가는 언제 어느 때 불행한 일이 발생할지 알 수 없었다.

"운호, 어쩔래?"

"어쩌긴. 가서 구해야지."

"…음, 그래, 가자."

"아니, 너희들은 여기 있어. 나 혼자 갈 테니까."

무슨 소린지 금방 알아들었다.

운여와 운상이 가볍게 한숨을 몰아쉰 것은 그들이 참전하면 청당전에 점창이 발을 들여놓게 될지 모른다는 우려 때문이었다.

그걸 운호는 금방 눈치챈 모양이었다.

운상과 운여가 걸어가는 운호를 바짝 따라붙은 것은 말이 끝나기도 전이었다.

"너는 점창 제자 아니냐? 하나가 가든 셋이 가든 결과는 달라지지 않는다. 그러니 같이 가자."

운호 일행은 소하령을 언덕에서 기다리게 만든 후 곧장 평야를 우회하기 시작했다.

능선에서 한설아가 있는 곳까지 가기 위해서는 집단전이 벌어지는 중심을 뚫고 가는 것이 지름길이었으나 그리되면 싸움을 피할 방법이 없다.

검에는 눈이 없었고 적을 죽이기 위해 이성을 상실한 전쟁터에서는 아군이 아니면 모두 적이기 때문이다.

크게 원을 돌아 빠져나가면 가급적 싸움에서 벗어날 것이라 생각했었다.

하지만 그런 그들의 판단은 금방 바뀔 수밖에 없었다.

한설아가 있던 외곽이 전장이 이동하면서 오히려 중심으로 변했던 것이다.

뒤로 돌았던 운호의 얼굴색이 슬며시 변했다.

가급적 그녀만 빼오고 싶었지만 이리된 이상 그냥 쉽게 넘어가기는 틀린 것 같았다.

그랬기에 그는 옆에 선 운상과 운여를 향해 고갯짓으로 자신의 의견을 전한 후 지체 없이 몸을 날렸다.

어차피 은밀하게 그녀를 구한다는 건 불가능에 가까운 일이 되어버렸다.

이백에 달하는 무인들의 숲에서 아무도 모르게 그림자처럼 움직인다는 것은 있을 수 없는 일이었고 한설아가 그들을 따라 도주할 거란 확신도 할 수 없었다.

이리된 이상 싸움을 멈출 생각이다.

그녀의 목숨만 안전하게 구할 수만 있다면 무슨 짓을 하더라도 좋다는 게 운호의 생각이었다.

청성이든 당문이든 가리지 않고 운호 일행은 폭풍처럼 그녀가 있는 중앙을 향해 달려 나갔다.

수많은 무인들이 검과 암기를 날려왔으나 그들은 검과 몸통을 한꺼번에 튕겨내며 걸음을 멈추지 않았다.

가히 폭풍과 같은 진격이다.

대적불가의 무력으로 전장의 축을 관통하는 그들의 모습은 전신이나 다름없는 것이었다.

한설아의 모습을 확인한 운호의 눈이 급격하게 변했다.

그녀는 다섯 명의 청성 무인들과 함께 있었는데, 복면을 한당문 무인들의 협공을 받는 중이었다.

멀리서 봤을 때보다 훨씬 상황이 안 좋았다.

그녀의 몸은 피로 물들었고 검을 든 손과 왼발은 어떤 병기에 당했는지 찢어져 피가 흘러나오고 있었다.

운호의 몸이 허공으로 날아올라 그녀를 향해 날아가는 비접을 단숨에 잘라냈고 뒤이어 전장에 뛰어든 운상과 운여가 허공에 난무하는 창과 암기들을 한꺼번에 박살 내버렸다.

압도적인 무력의 차이.

양쪽으로 대치되어 치열한 전투를 벌이던 무인들이 운호 일행의 출현으로 순식간에 싸움을 멈추고 뒤로 물러섰다.

지닌 무력으로 봤을 때 이곳에 몰려 있는 무인들은 청성과 당문의 수뇌부다.

그것은 무인들의 반응을 봐도 충분히 알 수 있었다.

중앙의 싸움이 멈추자 마치 잔물결이 퍼져 나가 멈추는 것처럼 외곽의 싸움마저 금방 정지되었다.

누가 먼저 봤다고 할 수 없을 정도로 그들은 동시에 서로를 확인했다.

운호의 얼굴에는 반가움이 가득했지만 한설아의 얼굴은 놀람으로 채워져 있었다.

그러나 그 놀람은 금방 반가움과 기쁨으로 변했고 곧이어 안심으로 바뀌었다.

목숨을 걸고 싸운 전장이었다.

적의 암기에 여러 군데 상처를 입었고 계속 밀리다 보니 죽음마저 생각했다.

사랑하는 사람, 운호.

이렇게 죽는다면 그가 무척 슬퍼하겠지.

보고 싶었다.

죽는다 해도 사랑하는 그 사람을 한 번만 볼 수 있다면 좋겠다는 생각을 하며 적들의 무서운 공격을 겨우겨우 막아내고 있었다.

그런데… 그런데.

마치 거짓말처럼 나타난 님은 언제나 보고 싶었던 은은한 웃음을 지은 채 그녀를 바라보고 있었다.

"오라버니!"

"설아야, 잘 있었지?"

"여긴… 여긴 어떻게 온 거예요……."

"보고 싶어서. 전해줄 것도 있고."

다른 사람들이 없었다면 안아주고 싶었지만 양측의 무인들은 아직도 거친 숨을 몰아쉰 채 적들을 향해 강한 적의를 나타내는 중이었다.

전쟁터에 나타난 이방인.

불리한 싸움을 벌이던 청성 무인들은 운호 일행의 출현으로 싸움이 멈춰지자 안도의 한숨을 내리쉬고 있었다.

나타난 자들은 셋에 불과했으나 전장을 가로지른 그들의 막강한 신위는 일당백을 넘어서는 전신의 신위를 보여주었고 더군다나 문주의 딸인 한설아와 대화를 나누는 걸 보며 아군이라 판단했기 때문이었다.

운호가 한설아와의 간단한 인사를 끝내고 주변에 있는 사람들을 확인하자 예전 성도에서 보았던 만수자와 광검 백건, 호풍검 유혁을 비롯해서 안면 있는 무인들이 여럿 보였다.

그들은 알게 모르게 눈인사를 해왔는데 운호는 그들의 인사를 모른 체하며 당문 무인들을 향해 몸을 돌렸다.

어차피 정황상 지금은 청성의 편을 들 수밖에 없는 상황이다.

한설아가 여기 있으니 그녀의 죽음을 모른 체하지 않는 이상 운호 일행은 청성을 도울 수밖에 없기 때문이다.

그럼에도 운호는 이 싸움을 계속 진행하고 싶지 않았다. 친구들인 운상과 운여의 생각처럼 그 역시 사문인 점창이 자신 때문에 난처해지는 걸 바라지 않는다.

그런 마음으로 돌아섰다.

당문의 무인들을 설득해서 이 싸움을 끝내고자.

그러나 그는 몸을 돌린 순간 얼어붙어 버린 석상처럼 몸을 멈추고 말았다.

아…!

눈앞으로 다가온 여인.

나비 가면을 쓴 그녀. 당운영이 그를 향해 다가오고 있었다.

아무런 말도 할 수 없었다.

그녀의 모습을 보자 자연스레 몸이 굳어졌고 주변의 모든 것이 일순간 사라져 버렸다.

서서히 다가와 멈춘다.

그런 후 나를 봐달라는 듯 천천히 나비 가면을 벗고 예전 그 아름다웠던 눈으로 운호를 바라보았다.

그녀는 세월이란 시간 속에서 더 아름다워졌고 더 성숙해져 있었다.

"오랜만이에요."

그런가?

그렇구나. 정말 오랜만이구나.

늘 귓가를 맴돌던 음성이 그녀의 작은 입술에서 흘러나왔지만 운호는 아무런 대답도 하지 못했다.

아니, 할 수가 없었다.

가슴속에 있었던 그녀에 대한 그리움은 생각보다 훨씬 큰 것이었다.

잊은 줄 알았다.

잊기 위해 필사의 노력을 했고 새로운 여인을 만나 사랑을 했으니 잊었을 거라 생각했다.

하지만 그녀의 모습을 보자 그렇지 않다는 걸 알았다.

모든 마음을 다해 사랑했고 오랜 시간 그리워했던 그녀는 그동안의 모든 것을 한꺼번에 잠재우며 운호에게 다가서고 있었다.

그녀의 눈이 떨린다.

왜 그런 눈으로 나를 바라보는 것일까.

그녀의 눈길은 그 옛날 자신을 사랑하던 때 보여주었던 따스함이 담겨 있었다.

아프다. 마음 한구석에서 통증이 생겨났고 그 통증은 점점 범위를 확산하며 가슴 전체로 퍼져 나갔다.

"아무 말도 없군요. 내가 부담되나요?"

"…그런 것 때문이 아니오."

"그럼… 왜?"

"당신을 여기서 보게 될 줄 몰랐기 때문에 잠시 당황했던 모양이오."

"늘 이야기 듣고 있었어요. 마검이란 이름으로 전설을 만들어가는 당신의 무위를 들으면서 너무 기뻤고 언젠가 꼭 봤으면 좋겠다는 생각을 했어요."

피하지 않는 눈.

시선을 마주친 그녀의 눈은 한 치의 미동도 보이지 않으며 운호를 바라보고 있었다.

그녀의 말이 정말이면 좋겠다는 생각이 들었지만 곧 그렇지 않을 거란 판단이 들었다.

처음에 무섭게 떨리던 그녀의 눈은 순식간에 사라지고 언제 그랬냐는 듯 차분하게 변한 그녀의 눈이 자신을 바라보고 있었다.

적의를 보이며 당장에라도 공격을 재개할 것 같았던 당문 무인들은 당운영의 입을 통해 나타난 자들이 현재 강호를 떠

들썩하게 만들고 있는 마검 일행이란 걸 알게 되자 한 발 뒤로 물러서며 깊은 신음을 흘려냈다.

누가 현 강호에서 전설을 만들어가고 있는 점창삼신룡을 상대로 도발을 할 수 있단 말인가.

그들이 지금까지 강호를 종횡하며 펼쳐 낸 전과는 그야말로 무적의 길이었으며 신화였으니 불과 백 명도 되지 않는 전력으로 도발한다는 것은 만용에 불과한 것이었다.

운호는 아련한 눈으로 당운영을 바라보았다.

역시 현명한 여자다.

감정의 여파를 추스르고 순식간에 상황을 분석한 후 자연스럽게 자신의 정체를 밝혀 당문 무인들이 함부로 공격하는 것을 막아낸 것은 아무나 할 수 있는 일이 아니었다.

기대했던 마음이 그녀의 의도를 알게 되면서 사라지자 대신 허탈감이 몰려왔다.

도대체 뭘 기대한 걸까.

그녀는 혼인을 했고 이미 남의 여자가 된 사람이었다.

누구보다 보고 싶었고 누구보다 사랑했던 여인이었지만 지금은 너무 멀리 떨어진 사람이었다.

그런데 그런 여인의 단순한 한마디, 보고 싶었다는 말에 이렇듯 가슴이 떨리는 건 아직도 그녀에 대한 감정이 남았다는 뜻이다.

뜻밖의 감정에 마음이 답답해져 왔으나 그럼에도 운호는

그녀와 비슷하게 가라앉은 눈을 만들었다.

모든 것을 드러내어 상대할 수 없는 여인이었고 상황이었으니 철저하게 자신의 마음을 숨겨야 한다.

"생명의 은인께서 그리 말씀하시니 송구하기 짝이 없소. 우리가 본 지도 벌써 일 년이 훌쩍 넘었으니 정말 오랜만이오. 그래, 부군이신 석천 대협께서도 잘 계시겠지요?"

"그 사람은… 잘 있어요."

"다행이구려."

뭔가 대답이 석연찮다.

묻지 말아야 할 질문이었지만 그렇다고 이런 대답을 예상한 것은 아니었다.

꺼내고 싶지 않았지만 일부러 꺼낸 단어였다.

그녀를 데려간 풍검문의 장자 석천의 이름은 생각조차 하기 싫은 것이었으나 그녀를 곤란하게 만들고 싶지 않다는 마음이 그의 이름을 끄집어내게 만들었다.

그런데 그녀는 그 이름이 나오자 순간적으로 얼굴이 흐려졌다.

금방 다시 원상태로 회복했으나 운호의 눈을 피할 수는 없었다.

뭔가가 있다.

더 물어보고 싶었지만 그래서는 안 된다는 걸 너무나 잘 안다. 그리고 그녀를 위해서는 이쯤에서 당문 무인들에게 왜 자신들이 이 싸움에 끼어들었는가를 알려줄 필요성이 있었다.

불필요한 오해를 만들어 그녀를 곤란하게 만드는 건 절대 하고 싶지 않은 일이었다.

그랬기에 그는 천천히 그녀에게서 시선을 돌리며 당문의 수뇌부가 있는 곳으로 시선을 돌렸다.

현재 당문 무인들을 이끌고 있는 사람은 열다섯 명의 호법 중 하나인 당문기였는데, 그는 운호가 자신을 바라보자 무거운 표정을 지은 채 마주 바라보았다.

함부로 말해서는 안 된다.

상대의 말을 듣고 행동을 결정하지 않으면 수많은 가문 무인들의 목숨을 헛되이 버릴 공산도 있다.

비록 대화를 통해 마검이 당문에 악의를 보이지 않는다는 걸 알게 되었지만 점창과 당문은 결코 우의로 다져진 관계가 아니었다.

그 말은 마검이 어떤 이야기를 해도 숙고를 통해 행동을 결정해야 된다는 뜻이 된다.

"나는 점창의 마검 운호라 하오. 내가 두 문파의 싸움에 끼어든 것은… 부끄러운 말이지만 내가 사랑하는 사람이 여기에 있기 때문이었소. 이것은 내 개인적인 일일 뿐 점창은 아무런 상관이 없다는 것 또한 밝혀두는 바이오."

"마검의 여자라… 그게 누군가?"

"청성의 한설아 소저요."

"허어……."

당문기는 자신의 질문에 지체 없이 대답하는 운호를 바라보며 무거운 탄식을 흘려냈다.

슬쩍 옆쪽으로 시선을 돌려 보자 운호의 뒤편에서 당당하게 서 있는 자들의 시선이 날카롭게 빛나고 있는 것이 보였다.

마검과 같이 다니는 자들. 두말할 필요 없이 무풍검과 팔비검이었다.

처음에는 마검의 명성에 가려 보이지도 않던 자들이 어느 순간부터 혜성처럼 떠오르더니 지금은 당당하게 절대고수의 반열에까지 거론되고 있었다.

눈만 봐도 알 수 있었다.

저들은 마검의 행사를 막지 않을 것이다. 점창에 불이익이 갈지도 모르는 행사를 하면서도 전혀 미동조차 하지 않는다는 건 그만큼 운호와의 관계가 특별하다는 걸 알려주는 것이었다.

자신 역시 젊었을 때 사랑한 사람이 있었다.

사랑이란 것은 불가능도 가능하게 만들 정도로 위대한 힘을 가진 것이었으니 여기서 싸움이 벌어지면 마검 일행은 당문을 상대로 살육을 벌일 가능성이 컸다.

겨우 우세를 점한 싸움에 마검 일행이 가세한다면 이 싸움은 해보나 마나 무조건 당문이 지게 된다.

그랬기에 그는 한숨을 길게 흘려낸 후 천천히 입을 열었다.

그럼에도 스스로 결정하지 않는 것은 그만큼 그의 강호 경험이 노련하다는 걸 알려준다. 뭔가를 얻기 위해서라면 먼저 나서지 않아야 될 때도 있다는 걸 너무나 잘 보여주는 처사였다.

"어쩔 생각이신가?"

"이쯤에서 싸움을 그치고 물러섰으면 좋겠소."

"마검, 그대는 사사로운 감정으로 무림의 불문율을 어기고 계시네. 이리하면 점창에 부담이 된다는 걸 왜 모르시는가!"

"그래도 나는 멈추지 않을 생각이오. 그러니 나머지는 당문의 선택에 맡기겠소."

"나는 이해할 수가 없네. 기껏 한 여자 때문에 사문의 명예에 먹칠을 할 생각인가. 다시 생각해 보는 게 어떻겠나?"

"내 생각은 변하지 않을 것이오."

"좋아, 그렇다면 우리가 물러나지. 하지만 알아둬야 할 걸세. 오늘 이 일은 점창에 반드시 따질 테니 그때가 되면 책임을 피하지 말게."

강호의 여우답게 그는 즉시 손을 들어 당문 무인들을 뒤로 뺐다.

그런 후 만약의 사태를 대비해서 그들을 이끌고 지체 없이 쌍류를 벗어났다.

물러나면서 자존심을 숙이지 않았고 마검을 상대로 싸움

을 피했으니 그로서는 최선의 선택이었을 것이다.

문제는 당운영이었다.

그녀는 사숙의 지시를 받고도 한참을 움직이지 않다가 용면의 사내가 어깨를 붙잡아왔을 때서야 신형을 휘청였는데, 뭔가에 상당한 충격을 받은 모습이었다.

떨리는 눈, 허깨비처럼 변해 버린 육신.

용면의 사내에게 안겨 떠나는 그녀의 입술은 뭔가를 계속 중얼거리고 있었다.

무참하게 떨리던 눈에서 눈물이 흐르기 시작한 것은 운호의 모습이 더 이상 보이지 않을 때였다.

"당신… 정말인가요. 사랑하는 사람이 있다는 게… 정말인가요……."

당문 무인들이 떠난 후에야 운호 일행과 청성 무인들의 해후가 정식으로 이루어졌다.

이미 안면이 있던 사람들도 꽤 있었기 때문에 반갑게 인사를 했는데, 그들은 아직도 운호 일행을 만나게 된 것이 믿기지 않는 얼굴을 하고 있었다.

만수자가 앞으로 나선 것은 그들이 돌아가면서 모두 인사를 마친 후였다.

"내가 알기로 그대들은 안휘에 있던 걸로 들었는데 갑자기 여기에 나타나다니 진정 놀라운 일일세. 어찌 된 건지 영문을 물어봐도 되겠는가?"

청성 무인들의 의문이 이 하나의 질문에 모두 담겨 있었다.

어쩐지 귀신을 본 것처럼 이상한 얼굴을 하고 있더라니. 이런 이유가 있어서 그랬던 모양이었다.

하긴 아무리 소문이 빠르더라도 운호 일행의 움직임보다 빠를 수는 없었을 것이다.

운호는 만수자의 질문에 그동안 있었던 일들을 천천히 꺼내어 이야기해 줬다.

천에 대한 이야기는 가급적 피했고, 오직 막사검에 관한 것들만 이야기했는데도 청성 무인들의 입은 열어진 채 다물어질 줄 몰랐다.

요마왕을 비롯해서 마창의 이야기와 일검마, 살막과 혈염공에 이르기까지 모든 이야기를 마치자 만수자는 연신 감탄을 터뜨리다가 기어코 운호의 손을 잡아왔다.

"이토록 청성을 생각해 주다니 진정 고마운 일일세. 욕심에서 벗어나 대의를 살핀 그대들의 기상은 분명 점창의 정대한 기풍에서 나온 것이겠지. 청성은 점창에게 진 빛을 절대 잊지 않을 것이네."

"아니올시다. 잃어버린 물건을 원래의 주인에게 돌려줬을 뿐인데 그게 어찌 칭찬받을 일이 되겠습니까. 너무 괘념치 마십시오."

"허어. 허어!"

운호가 조심스럽게 막사검을 꺼내어 만수자에게 넘겨주자 주변에 서 있던 광검 백건과 호풍검 유혁을 비롯해서 청성의 무인들이 일제히 허리를 숙였다.

그들의 눈은 감동으로 붉게 젖었는데, 진정으로 운호 일행을 향해 경의를 보내왔다.

막사검을 건네받은 만수자는 격동에 젖어 몸을 떨었고 연신 신음을 흘려내며 제자리에서 움직이지 못했다.

막사검을 잃어버리면서 겪어야 했던 고충과 고통은 청성을 끝없는 무저갱 속으로 빠뜨릴 만큼 거대한 것이었으니 검을 찾은 그의 심정이 어떠할지 충분히 짐작이 갔다.

운호 일행은 청성으로 가자는 만수자의 제의를 뿌리치고 길을 나섰다.

만수자가 청성으로 가자는 이유는 막사검을 돌려준 것에 대한 치하를 제대로 해주고 싶었기 때문이지만 운호 일행은 그의 바람을 단숨에 거절했다.

칭송을 받자고 한 짓이 아니었으니 받을 이유가 없었다.

더군다나 막사검의 신비인 공청석유를 아무런 허락 없이 셋이서 나란히 배 속에 고이 모셔둔 마당에 얼굴이 부끄러워져서라도 가면 안 된다고 생각했다.

그랬기에 그들은 한설아만 데리고 급히 대읍(大邑)으로 향했다.

잠시 동안만 동행하다가 청성으로 돌려보내겠다는 부탁을

하자 만수자는 흔쾌히 허락을 해주었다.

대읍은 청성산과 오십 리 정도 떨어진 도시였기 때문에 청성의 암안(暗眼)으로 꽉 차 있는 곳이었다.

그곳으로 간다면 언제든지 소재를 파악할 수 있었고 긴급한 상황이 발생해도 즉시 대처가 가능했으니 막사검을 돌려준 운호 일행의 부탁을 거절할 이유가 없었다.

정말 오랜만의 동행이다.

그녀와 함께했던 시간들이 추억에서 넘어와 현실이 되면서 일행을 기쁘게 만들었다.

하지만 운호 일행과 다르게 한설아의 얼굴은 무엇 때문인지 시간이 지날수록 점점 어두워져 가고 있었다.

고민에 빠진 얼굴이었고 다르게 보면 슬픔에 잠겨 있는 것도 같았다.

그랬기에 운호는 참지 못하고 물었다.

"설아, 표정이 좋지 못해. 부상당한 곳이 아파서 그런 거야?"

"아니에요."

"그럼?"

"그냥… 기분이 좋지 않아요."

한설아는 말을 마친 후 굳게 입을 닫았다.

여자의 본능이 미친 듯 작동하며 당운영을 대하는 운호의 일거수일투족을 면밀하게 주시하도록 만들었다.

사랑하는 사람의 몸이 그녀를 만나면서 마치 얼어붙는 것처럼 느껴질 만큼 경직되었다.

아무런 감정이 없다면 절대 일어날 수 없는 일이다.

더군다나 대화가 진행되면 될수록 두 사람 사이에 기묘한 감정이 흐른다는 걸 느낄 수 있었다.

운호의 입에서 흘러나온 말들은 내용과 전혀 다르게 당운영에 대한 걱정과 우려로 가득 차서 그녀를 아프게 만들었다.

그녀가 아니라면 절대 감지하지 못할 것들이었지만 그녀는 운호의 한마디 한마디가 무슨 뜻인지 알 수 있었다.

좋게 해석하고 싶었다.

이미 다른 남자의 여자가 되어버린 그녀를 배려하는 운호의 모습을 보면서 가슴은 쓰렸지만 이해하고 넘어가려 했다.

하지만 그녀의 마지막 질문에 숨이 막혔다.

시간이 지날수록 떠나면서 물었던 당운영의 작은 목소리가 눈앞에서 생생하게 떠올라 그녀를 괴롭혔다.

정말 그녀를 사랑하나요?

경황이 없어서 정확하게 기억하지 못하겠지만 운호를 바라보며 한 그녀의 마지막 말은 그런 것이었다.

왜 결혼한 여자가 그런 걸 묻는단 말인가.

떠나지 못하게 붙잡고 그 이유를 묻고 싶었다. 다른 여자를

사랑한다는 남자에게 왜 그런 질문을 했는지 고래고래 소릴
지르며 묻고 싶었다.

그러나 그녀는 당운영의 질문을 받고 석상처럼 움직이지
못하는 운호를 발견한 후 숨을 멈추고 말았다.

그녀를 주시하고 있던 자신이 들었으니 운호 역시 분명히
들었을 것이다.

그런데도 운호는 아무런 말 없이 그녀를 보냈다.

아무런 말 없이…

3장

천왕산

　대읍(大邑)에 도착해서 객잔에 들러 식사를 마친 운상과 운여는 소하령을 데리고 시내를 구경하겠다며 불쑥 나가 버렸다.

　전장의 상흔은 없었지만 대읍 역시 전쟁의 불안과 긴장으로 가득 차 언제든지 시비가 발생할 수 있는 곳이었다.

　더군다나 천(天)의 이목이 언제 따라붙을지 모르기 때문에 가급적 모습을 드러내는 건 옳지 못한 행동이었다.

　하지만 운호는 친구들이 거리로 나서는 것을 막지 않았다.

　둘만의 시간을 만들어주기 위한 친구들의 배려를 그런 이유 때문에 거절하고 싶지 않았기 때문이다.

한설아는 친구들이 나간 후부터 더욱 안색이 나빠졌다.

도대체 이유를 알 수 없어 치료를 하면서도 감히 말을 붙이지 못할 만큼 그녀에게서는 찬바람이 불었다.

그녀의 상처는 작지 않아서 오는 내내 치료를 했고 객잔에 도착해서도 붕대를 갈아주어야 했으나 그녀는 운호의 치료까지 거부했다.

그녀에게서는 작은 신음 소리도 흘러나오지 않았다.

오직 입술을 꼬옥 깨문 채 뭔가를 깊이 생각하고 있을 뿐이었다.

오랜만의 해후였으니 반가워해야 하는 게 정상인데 지금의 그녀는 침묵으로 일관하며 그를 보려 하지 않고 있었다.

쌍류에서 처음 봤을 때의 기절할 것 같았던 반가움은 어디론가 사라지고 그녀의 몸에서 불어오는 찬바람은 시간이 지날수록 맹렬하게 차가워져 갔다.

무엇이 문제일까… 아무리 생각해 봐도 마땅한 이유가 떠오르지 않는다.

뭔가에 화가 난 것처럼 거칠어진 숨소리, 굳어진 얼굴이 그녀의 상태가 어떤지 알려주고 있었다.

운호에게는 시간이 없었다.

사문의 명운이 그에게 달려 있으니 한시라도 빨리 움직여 천왕산을 찾아야 했다.

아까운 시간을 쪼개서 그녀와의 해후를 겨우 맞이했는데

이런 상황에 부딪치자 난감함이 몰려왔다.

그녀와 함께할 시간은 그리 많지 않았으니 시간을 두고 오해를 풀 수도 없기에 운호는 벽에 기댄 채 방바닥을 바라보는 한설아의 손을 끌어당겼다.

그의 손을 거부하기 위해 안간힘을 쓰는 그녀의 모습이 안타깝고 두려웠다.

이대로 그냥 헤어질 수는 없다.

그녀의 모습은 그 자체로 한 폭의 미인도를 연상시킬 만큼 아름다웠지만 지금의 그에게는 저승사자보다 무섭게 느껴졌다.

"설아, 도대체 왜 그러는지 말해봐. 혹시 내가 잘못한 게 있는 거야?"

"……."

"나는 곧 떠나야 돼. 설아가 늘 보고 싶었어. 다시 만나면 힘껏 안아주고 싶었는데 잔뜩 날이 선 가시가 되어 있으니 어쩔 줄을 모르겠다. 말해봐. 왜 그러는지 알아야 변명이라도 하지."

"정말 내가 보고 싶었나요?"

"응, 매일처럼 설아의 꿈을 꾸었어. 나는 설아가 보고 싶어서 시간이 날 때마다 청성으로 달려가는 상상을 하곤 했어."

"거짓말하지 말아요."

"내가 왜 거짓말을 하겠어."

"그런데 왜… 왜 그랬어요?"

"뭐가?"

"당 소저를 만났을 때 왜 그랬냐고요!"

그녀의 목소리가 떨려 나왔다.

처음에는 무슨 소린지 알아듣지 못했기 때문에 눈만 껌벅이다가 한참이 지난 후에야 그녀가 말한 의미를 조금씩 알게 되었다.

그렇구나. 그래서 아파한 거구나.

다른 사람은 모를 거라 생각했는데 한설아는 당운영을 보면서 느꼈던 자신의 흔들리는 감정을 눈치챘던 모양이었다.

미안했다.

새삼 그녀가 무엇 때문에 그렇게 아파했는지 알게 되자 그녀의 눈을 마주치기 어려울 정도의 미안함이 몰려왔다.

당운영이 물었던 마지막 질문에 차마 대답하지 못한 것은 이제와 곰곰이 생각해 보니 사랑이 남아 있거나 미련 때문이 아니었다.

어떤 이유 때문인지 초췌해질 대로 초췌해져 있었던 그녀는 사랑하는 사람을 찾아왔다는 자신의 말에 충격을 입고 해초처럼 흔들리며 중심을 잃어버렸다.

그런 여인을 향해 잔인하게 비수를 꽂고 싶지 않았다.

한때 사랑했던 여인이었고 자신으로 인해 아파했으며 결국 남의 여자가 된 사람이었다.

절대 미워할 수 없는 사람이 바로 그녀, 당운영이다.

그녀가 왜 자신의 한마디에 충격을 입었는지 알 수는 없었으나 휘청이는 그녀를 향해 대답해 주지 않은 것은 분명 연민 때문이었다.

왠지 모르게 그녀가 불쌍했다.

운호는 한참을 고개 숙인 채 생각을 정리한 후 천천히 고개를 들었다.

그런 후 샛별 같은 눈으로 자신을 바라보는 한설아를 바라보며 천천히 입을 열었다.

"설아가 무엇을 생각하고 있는지 이제야 알 것 같아. 하지만 설아, 지금의 나는 오직 설아만을 생각하고 있어. 그녀는 이미 남의 아내가 된 사람이잖아. 그러니 오해하지 않았으면 좋겠어."

"정말 오라버니는 그녀에게 아무런 감정이 없는 건가요?"

"조금의 감정도 남아 있지 않다고 거짓말하지는 않을 거야. 한때는 목숨을 걸고 사랑했던 사람인데 어떻게 아무런 감정도 없을 수 있겠어. 그러나 그녀는 다른 사람을 선택했고 나 역시 설아를 선택했으니 많은 것이 변했잖아. 그녀가 아프면 불쌍하다는 생각이 들겠지. 행복하게 산다면 다행이란 마음을 가질 거고. 하지만 그게 다야. 나는 이미 설아를 사랑하고 있으니 더 이상은 생각하지 않을 거야. 설아, 그 정도는 이해해 주면 안 될까?"

"정말… 정말인가요?"

떨리는 그녀의 눈이 예뻤다.

이미 그녀의 눈은 순한 양으로 변해 끝없이 운호의 얼굴을 바라보고 있었다.

예전처럼, 운호를 사랑하며 목숨을 던질 때처럼 그녀는 운호만을 바라보며 사랑을 갈구했다.

천천히 고개를 숙여 자신을 바라보는 그녀의 입술을 훔쳤다.

달콤했고 감미로운 그녀의 젖은 입술은 자신의 내공을 무섭게 증진시켜 주었던 공청석유의 향기보다 더욱 진했고 유혹적이었다.

두 시진이 넘어서야 돌아온 운상과 운여는 나갈 때의 분위기와 완전히 변해 버린 한설아의 모습을 확인하고 눈을 가늘게 오므렸다.

한설아의 얼굴은 붉게 변해 있었는데 금방 시집온 색시처럼 여겨질 정도였다.

도망가듯 객잔을 나서면서도 걱정이 되었다.

한설아의 모습에 분노와 실망, 슬픔이 복합적으로 들어 있었기 때문에 자리를 피하면서도 쉽게 해결되지 않을 것 같다는 생각이 들었다.

무엇 때문인지는 정확하게 알지 못했지만 그것이 당운영

과 관련이 있을 거란 추측을 하고 있었기 때문에 운상과 운여는 머리를 흔들 수밖에 없었다.

중간에 끼어든다고 해서 해결될 내용이 아니란 걸 너무나 잘 알기 때문이었다.

그런데 불과 두 시진 만에 한설아는 언제 그랬냐는 듯 한 떨기 수선화처럼 함초롬히 앉아 그들을 향해 시선을 던져 왔다.

그들을 바라보는 그녀의 시선은 반가움에 젖어 있었는데, 그 모습을 보니 황당하다는 생각마저 들었다.

아까는 없는 사람 취급하더니 이제 와서 집 나갔다 돌아온 오라버니를 본 것처럼 대하고 있었다.

그랬기에 운상의 목소리는 곱게 나오지 않았다.

"흥, 이제야 우리가 보이는 모양이구려."

"오라버니, 시비 걸지 마요. 우린 생사고락을 같이한 사이잖아요."

"아이고, 귀신 보듯 할 때는 언제고 이제 와서 그런 소릴 하시오."

"호호, 나 없는 동안 잘 지냈죠?"

"못 지냈소."

"잘 지냈으면서 뭘 그러세요. 세상이 알아주는 백매화와 같이 다녀서 그런가? 행복해서 죽겠다는 표정이던데요."

놀리려고 했더니 오히려 뒤쪽에 서 있는 소하령과 싸잡아서 반격을 해온다.

어느샌가 그녀는 예전의 활기찼던 모습으로 돌아와 있었다.

"뭐냐, 이거. 우리 예상보다 훨씬 좋아 보이잖아."

"그러네. 운호, 이놈이 역시 능력이 있어. 아무리 봐도 너보다 뛰어난 것 같다."

"거기서 왜 그 소리가 나와!"

"부러워서 그런다, 인마. 봐라. 나만 없잖아. 그러니 안 부럽겠어!"

운여가 과장된 몸짓으로 씩씩대자 눈을 동그랗게 떴던 운상이 즉시 뒤로 물러나 방어 태세를 취했다.

하긴 운여의 속이 편하지 않을 것 같긴 하다.

다른 사람은 모두 짝이 있는데 자신만 없으니 억울하다는 마음이 들기도 할 것이다.

그럼에도 어쩌겠는가.

여인을 유혹하는 재주를 기르지 않고, 용기가 없다면 미인을 얻을 수 없다는 천고의 진리를 모르는 한 운여는 당분간 여인을 만나기 어려울 게 분명했다.

하지만 본인은 그런 이유들을 전혀 받아들이지 않고 있었다.

"도대체 이해가 안 간단 말이야. 우리 셋 중에서 내가 제일 잘생기고 성격도 좋은데 왜 나만 짝이 없는 거지. 이건 뭔가

세상의 조화가 이상하게 돌아가는 것이 분명해!"

운호의 마음을 확인한 한설아는 헤어지면서 눈물을 보이지 않았다.

사랑하는 님을 떠나보내는 것이 어찌 서운하지 않겠냐만 그녀는 밝은 웃음으로 다시 돌아와 달라는 부탁을 남기며 운호를 배웅했다.

돌아보고 또 돌아보았다.

아직까지 그녀의 체온이, 입술의 감촉이 고스란히 남아 있는데 또다시 오랜 이별을 해야 된다고 생각하니 가슴이 서늘해졌다.

그럼에도 떠나는 것을 주저하지 않았다.

오늘이 지나고 내일이 지나 언젠가 좋은 시절이 오면 다시 돌아와 그녀를 안고 깊고 깊은 입맞춤을 할 것이다.

아주 오랫동안.

점창 산문에 소림의 뇌현 대사가 나타난 것은 오시가 훌쩍 넘었을 때였다.

하남에서 운남까지의 거리는 만 오천 리나 되었으니 그의 홍색 가사는 먼지로 가득 덮여 있었다.

경종이 울렸고 곧이어 타종이 따랐다.

구룡회에서 퇴출된 후 타 문파의 손님이 거의 없었던 점창으로 본다면 근래 가장 중요한 선객이라고 볼 수 있었기 때문에 상청궁에는 청자배 장로들이 하나씩 모여들었다.

뇌현 대사의 신분을 감안한다면 실무를 보고 있는 운자배는 격이 맞지 않기 때문인데, 그 이면에는 방문 목적의 중요성도 한몫했다.

청문이 정중하게 선객을 마중했고 청현자는 장문인답게 선방에서 뇌현 대사를 맞아들였다.

서로 간의 인사가 끝나자 깊이 갈무리된 눈을 가진 뇌현 대사의 입이 스르륵 열렸다.

"오다 보니 점창의 기운이 예전에 비해 크게 커진 듯합니다. 참으로 경하드릴 일입니다."

"별말씀을… 산도 그대로고 전각도 그대론데 달라진 게 무엇이 있겠습니까."

"허허, 장문인의 겸양이 소승을 부끄럽게 만드는구려. 문파의 성세는 문인들에게 달렸는데 오다 보니 제자들의 면면이 모두 정대하고 정기로웠습니다. 이런 제자들을 키웠으니 얼마나 흡족하시겠소. 소승은 그저 부러울 뿐입니다."

"그리 높게 봐주시니 감사드리오."

청현자가 앉은 자리에서 가볍게 허리를 숙이자 뇌현 대사가 마주 허리를 숙여 예를 표했다.

본론이 나온 것은 배석했던 청문자와 청무자, 청우자가 뇌현 대사와 안부를 주고받은 후였다.

중요한 이야기를 꺼내는 뇌현 대사의 음성은 어느새 딱딱해졌고 느려졌다가 빨라지기를 반복했는데, 그 중요성 때문에 가벼운 흥분을 느꼈기 때문인 것 같았다.

"소림은 점창의 방문을 받은 후 천검회와 팔황문을 감시해왔습니다. 수많은 목숨들이 그들을 감시하면서 사라져 갔지만 결국 얻어낸 것은 많지 않았습니다. 솔직히 말한다면 그들의 연관성도 밝히지 못했고 그들의 뒷배로 말씀하신 천이란 조직의 실체도 알아내지 못했지요. 그럼에도 불구하고 이렇게 소승이 귀문을 찾아온 것은 소림이 더 이상 세상의 혼란을 방치하면 안 된다는 판단을 내렸기 때문입니다. 세상은 어지러울 대로 어지러워져 수많은 무인들이 마치 이슬처럼 목숨을 잃고 있습니다. 이것이 누군가의 음모로 인해 발생한 일이라면 반드시 막아내야 하지 않겠습니까."

"무량수불."

뇌현 대사의 발언에 점창 장로들의 입에서 동시에 도호가 흘러나왔다.

산에만 있었지만 천하가 피로 물들어간다는 소식을 수시로 들었다.

점창에서 운영하는 비응은 성세가 회복되면서 더욱 많이 퍼져 나갔는데, 그들로부터 무림의 상황이 실시간으로 전해져 왔기 때문에 작금의 쟁투가 얼마나 치열하게 벌어지고 있는지 점창의 장로들은 너무나 잘 알고 있었다.

뇌현 대사의 입이 다시 열린 것은 점창 장로들의 도호 소리가 잠잠해졌을 때였다.

"그래서 소림은 결단을 내려 구룡회를 개최하는 것으로 결정했습니다. 시간이 없는 관계로 회의의 개최는 한 달 후인 다음 달 초엿새로 정했으니 점창은 그때 예전에 말씀하신 것처럼 신비 세력에 대한 정확한 정보를 제시해 주시면 고맙겠소."

"우리는… 구룡회가 개최되면 복원을 논할 것이오. 그러한 사실에 대해서도 인지하고 있소이까?"

뇌현 대사의 말을 따라붙으며 날카로운 눈빛으로 청우자가 물었다.

구룡 복원을 말하는 그의 눈은 마치 불타는 것처럼 보일 지경이었다.

"구룡으로 향한 사자들에게 소림 장문의 친필이 대동되었습니다. 거기에는 저간의 사정과 점창의 이야기가 담겨 있으니 그들도 충분히 짐작할 수 있을 것이오."

소림의 뇌현 대사는 왔을 때처럼 떠날 때도 그렇게 훌쩍 떠났다.

워낙 중요한 사안을 던져 놓고 떠났기 때문에 점창의 장로들은 그를 배웅한 후 즉시 상청궁으로 다시 모였는데, 얼굴들이 모두 굳어져 있었다.

꿈속에서조차 염원했던 구룡의 복원이 눈앞으로 다가왔으니 어떤 일이 있다 하더라도 반드시 이루어내야 했기에 긴장감이 확 올라왔다.

장문인인 청현자를 중심으로 원형 탁자에 빙 둘러 앉은 장로들은 쉽게 입을 열지 않았다.

구룡회가 개최되면 각 문파에서는 장문인을 포함해 열 명의 인원이 참석하는데, 이는 불필요한 인원을 최소화함으로써 행사를 효율적으로 운영하기 위함이었다.

인원을 한정한 것은 어떤 사안에 대해서 특정 문파가 무력을 동원하는 걸 막겠다는 취지도 담겨져 있었다.

대화를 통한 결론.

구룡회가 추구하는 것은 무력을 통한 분쟁이 아니라 대화를 통한 화합이었다.

구룡의 복원을 위해서는 다섯 개 문파의 지지를 얻어내야 한다.

그 말은 절반 이상의 문파가 점창을 지지해 줘야 구룡으로 복원이 가능하다는 뜻이었는데, 막상 일이 벌어지자 장로들 사이에서는 침묵이 흘렀다.

그동안 칠절문과의 전쟁 이후 점창은 손실을 만회하기 위해 전력으로 내실을 다졌을 뿐 구룡에 소속된 문파들과 긴밀한 왕래를 가진 적이 없었다.

그것이 장로들의 입을 막은 원인이다.

억지로 구룡회의 소집을 성사시켰으나 점창을 위해 나설 문파들을 만들지 못했으니 구룡 복원은 만만한 일이 아니었다.

원래대로 구룡회가 삼 년 후에 개최된다면 서서히 준비해서 완벽하게 복원될 수 있도록 노력할 예정이었으나 지금은 그럴 시간적 여유가 없었다.

더군다나 전통의 명문들로 구성된 구룡은 변화를 싫어하고 은연중에 점창에 대한 뿌리 깊은 질시를 가지고 있었다.

백 년 전 천왕성의 야욕을 분쇄하며 무림을 구했을 때 황금패를 만들어 바치면서 점창을 태두로 받든 사건을 그들은 후대에 들면서 치욕으로 여겼다.

자신들의 문파가 천하제일이라는 자존심에 상처를 입었다는 마음은 점창을 질시의 대상으로 만들어 버렸던 것이다.

이전 회합 때 점창을 구룡회에서 밀어낸 것도 어쩌면 그 일환이었는지 모른다.

구룡회에 참여조차 하지 못할 정도로 쇄락의 길을 걷던 점창을 그들은 여지없이 무참하게 짓밟았다. 마치 기다렸다는 듯이…

점창을 복원시켜 줄 것인가는 전적으로 구룡문에 달려 있었지만 절대 쉬운 일은 아니란 판단이 들었다.

하지만 희망은 있다.

점창은 예전처럼 쇄락의 길을 걷던 힘없는 문파가 아니었

고 현재 무림을 어지럽히는 천(天)이란 집단의 정체를 유일하
게 알고 있었으니 구룡문이 폐쇄적인 집단이라 하더라도 복
원에 대해서 신중히 생각할 수밖에 없다.

구룡의 복원이 없으면 정보도 얻을 수 없다는 것을 그들도
잘 알 테니 말이다.

그러나 희망보다 어려움이 더 크다는 것도 안다.

장로들이 서로의 얼굴을 물끄러미 바라보고 있는 것도 그
런 이유 때문이다.

좌중에 침묵이 흐르자 먼저 입을 연 것은 장문인인 청현자
였다.

"운호가 사천으로 들어와 십방(什防)을 넘었답니다."

"결국 또다시 그들일 가능성이 커졌다는 뜻이구려. 지명
하나로 유추할 수는 없겠지만 만약 그들의 근거지가 청해와
인접한 북천(北川)이 맞다면 천왕성의 잔재들일 가능성은 구
할이 넘게 되오."

"백여 년 전 천왕성은 청해에서 밀고 내려와 감숙과 사천
을 쑥대밭으로 만들며 운남으로 향했었으니 사형의 말씀에
일리가 있습니다. 문제는 그들의 행동이 예전과 완벽하게 다
르다는 건데 그건 어찌 생각하시는지요?"

"아무리 강해도 단일 세력으로 천하를 상대할 수는 없소이
다. 자신들의 선조가 실패한 예도 있었으니 각개격파의 전술
을 쓰는 것이 분명하오."

청현자의 질문에 청문자가 신중한 목소리로 대답하자 좌중에 앉아 있던 장로들의 고개가 동시에 끄덕여졌다.

충분히 타당한 답변이었고 그들 역시 그렇게 생각하고 있었기 때문이었다.

그러나 문제는 아직도 많이 남아 있었다.

구룡회에 참여해서 천의 야욕을 철저히 증명하기 위해서는 그들의 전략에 대해서 면밀히 분석하고 가능성을 최대한 압축해야 했다.

그랬기에 청현자는 사형들을 향해 계속해서 질문을 던졌다.

"운호가 보내온 정보에 의하면 그들의 예하 세력은 벌써 다섯 문파나 됩니다. 그것도 모두 삼십팔세에 포함되는 강력한 세력들이지요. 그런데 말입니다. 그자들의 예하 세력들이 그것뿐일까요?"

"내 생각에는 더 있을 가능성이 큽니다. 노출되어 있는 그들의 예하 세력을 보면 강남에 몰려 있습니다. 즉 운호가 집중적으로 탕마행을 나섰던 곳에서 발견되었다는 뜻이 됩니다. 아마 그들은 강북에도 있을 것입니다."

"그렇다면 청당전에 참전한 자들 중에도 있을 수 있겠군요."

"그렇겠지요. 그리고 아직 참전 안 한 자들도 있을 수 있을 겁니다. 구룡회와 전통의 칠대세가를 뺀 나머지는 전부 의심해 볼 대상이 됩니다."

"백 년이 훌쩍 넘는 문파는 빼야 되지 않을까요?"

"그렇게 해서는 안 되오. 그들의 힘이라면 어떤 문파라도 장악할 수 있었을 테니 쉬이 생각하면 안 될 것 같소."

"음… 그렇기도 하겠습니다."

청문자의 대답에 청현자가 무거운 신음을 흘렸다.

참으로 어려운 일이었다.

삼십팔세 중 구대문파와 수백 년 전통의 칠대세가를 빼고 나면 스물두 개의 문파가 남는다.

그중 다섯 개는 천의 예하 세력으로 판명되었지만 나머지는 어떤 문파가 포함되었는지 알아낼 방법이 없었다.

적을 알지 못한 채 싸움을 시작하면 언제 어느 때 등을 찔리게 될지 알 수 없는 일이다.

심각한 표정을 짓고 있던 청현자가 다시 입을 연 것은 꺼칠해진 입안을 차로 헹군 후였다.

"다음 달 초엿새라면 열흘 후엔 출발을 해야 됩니다. 저는 운호 일행을 합류시켜야 된다고 생각하는데 사형들의 생각은 어떠신지요?"

"당연히 그래야 하오. 직접 눈으로 본 그 아이들의 증언이 있어야 고지식한 그자들을 설득시킬 수 있을 것이오."

"그러면 저와 운호 일행을 포함시키면 벌써 넷이군요. 다음으로는 누가 갔으면 좋겠습니까?"

결국 이 말을 하기 위해서 청현자는 빙빙 말을 돌린 모양이었다.

구룡의 복원을 위해 출행하는 사람들의 명단을 정하는 것은 아무리 장문인이라도 마음대로 할 수 없는 사안이었다.

그랬기에 청현자는 대답을 해온 청면자를 바라보며 의견을 구했다.

청면자의 얼굴이 일그러진 건 반문을 듣고 나서였다.

장문인이 자신에게 의견을 구했다는 건 자신의 출행이 물건너갔다는 것을 의미하는 것이었다.

아무리 얼굴이 두꺼워도 출행 명단에 자신을 넣는다는 건 너무 속 보이는 행동이었다.

괜한 답변으로 졸지에 출행에서 밀려 버렸으니 급한 성격을 뜯어고치지 못하는 한 얼마 남지 않은 삶에서도 계속 손해 보면서 살아야 할 팔자인 모양이다.

가장 연장자인 자신에게 짐을 넘겨 버린 장문인의 행위가 슬쩍 괘씸하다는 생각도 들었으나 다른 면에서 생각해 보니 그 방법밖에 없었을 것이란 생각도 들었다.

문파의 중요한 일은 연장자가 의견을 내고 장문인이 동의하면 대부분 무탈하게 결론이 나는 법이다.

"아무래도 소림을 방문해서 일을 만든 청문은 당연히 가야할 것이고 차기 장문인인 운풍도 참가해야 하오. 만약을 대비해서 청무와 운곡, 운검도 참가시켰으면 좋겠고… 운학도 같이 보냅시다."

"운학을요?"

"운곡과 운검을 보내기 위해서는 운학도 보내야 하기 때문이오."

청면자의 대답에 뒤늦게 의미를 알아챈 청현자와 장로들의 고개가 크게 흔들렸다.

운곡과 운검은 배분을 무시하고 점창을 위해 키운 비밀 병기들이었다.

물론 사문의 번영을 위해 키운 제자들이었지만 일반 문도들로 봤을 때는 쉽게 배분을 인정하기 어려운 사람들이기도 했다.

그런 측면에서 청면자는 운학을 추천했던 것이다.

혹시라도 있을지 모르는 분란을 미리 차단하기 위해서였으니 오랜 세월을 살아온 사람답게 청면자의 경륜이 빛나는 의견이었다.

가장 배분이 높은 청면자의 대답에 청현자가 좌중을 향해 시선을 하나씩 돌려 나갔다.

다른 의견이 없으면 그대로 시행하겠다는 의지가 담긴 시선이었다.

그러나 청현자의 그런 시선은 청우자에게 다가갔을 때 급격하게 흔들렸다.

못마땅한 표정을 짓고 있던 청우자가 자신 쪽으로 청현자의 시신이 다가오사 급히 입을 열었기 때문이었다.

"나는 인정하지 못하오."

"사제!"

"칠절문과의 전쟁 때도 사문을 지킨 나보고 또다시 자리보전하란 말이오? 나는 그리 못 하오."

"그럼 어쩌자는 말인가?"

"나도 보내주시오."

"누굴 빼고!"

"그건 사형이 알아서 하시고. 이번엔 나도 가야겠소."

"어허……."

장문인 대신 나섰던 청면자의 입에서 탄식이 흘러나왔다.

청우자.

점창을 대표하는 검객 중의 하나로서, 칠절문과의 전쟁에 참여하지 못한 것을 두고두고 후회하며 살아온 열혈의 무인이었다.

젊었을 때 시도 때도 없이 개판 치며 돌아다녔던 청무자가 유일하게 무서워한 사람이 바로 청우자였고 평소에는 말이 없고 조용했으나 한번 화가 나면 끝장을 보는 성격이라서 예전부터 그가 입을 열면 사형들도 말리지 못하는 경우가 많았다.

청면자가 말을 잇지 못하고 장문인을 바라본 것은 그로서도 청우자의 주장을 반대하기가 쉽지 않기 때문이었다.

칠절문과의 전쟁에 참여하지 못하고 산에 있었던 것을 벌써 오 년이 지난 지금까지 아픈 기억으로 가슴에 품고 살아온 사제였으니 어찌 단칼에 자를 수 있단 말인가.

또다시 침묵이 찾아왔다.

이번 침묵은 이전과 다르게 너무 무거워서 쉽게 풀어지지 않을 것 같았다.

뺀다면 누구를 뺀단 말인가.

물론 빼려고 마음먹는다면 반드시 참석해야 되는 장문인을 제외하고는 누구라도 뺄 수는 있다.

그랬기에 청현자와 좌중의 장로들은 눈을 감고 고민에 젖기 시작했다.

양보한다고 해서 해결 날 일이 아니니 가장 좋은 방법을 찾아내야 했다.

그러나 그들의 고민은 찢어질 듯 들려온 부름에 금방 깨지고 말았다.

"장문인, 청허 사백께서……."

장로들이 수명각에 도착하자 이미 그곳에는 운풍을 비롯해서 운학과 운일, 운보 등 점창의 주요 각주들이 먼저 도착해서 기다리고 있었다.

그들은 본산의 실무를 책임지고 있었기 때문에 회의를 하고 있던 장로들보다 한발 빨리 소식을 전해 들은 모양이었다.

"무슨 일이냐?"

청현자가 도착하자마자 기다리고 있던 운풍을 향해 물었다.

그의 얼굴은 새파랗게 질려 있었지만 상청궁으로 달려온 제자의 보고가 채 끝나기도 전에 날아왔기 때문에 자세한 이야기를 듣지는 못했다.

"시간이 얼마 남지 않은 듯하옵니다. 얼른 들어가 보시지요."

하기 싫은 이야기를 억지로 하는 사람처럼 운풍의 입에서 나온 소리는 억눌러 있었다.

그랬기에 청현자를 비롯한 장로들이 방문을 열어젖히고 한꺼번에 수명각으로 들어섰다.

오랜 세월 노환으로 누워 있던 청허자의 몸은 깃털처럼 가벼웠고 앙상하게 말라 있었는데, 사제들이 연이어 방으로 들어오자 희미한 웃음을 지었다.

"사제들, 왔는가?"

기침을 하지 않는다.

근래 들어 그토록 심하게 하던 기침이 사제들을 바라보며 입을 연 청허자의 입에서 흘러나오지 않고 있었다.

정광은 서리지 않았지만 눈은 또렷하게 살아 있고 음성마저 예전처럼 쟁쟁하게 살아서 나왔다.

그것이 얼마나 위험한 것인지 너무나 잘 알고 있는 장로들의 입에서 무거운 한숨이 저절로 나왔다.

회광반조(回光返照).

사람이 죽을 때 잠시 동안 몸과 마음이 정상으로 돌아오는 현상을 말하는데, 이 시간이 지나면 천하에서 가장 용한 의원이라 해도 살릴 수 없다고 한다.

언젠가는 이런 일이 있을 거라 예상은 했지만 막상 현실로 닥치자 눈앞이 깜깜해졌다.

온 평생을 함께했던 사형.

그 사형의 죽음이 눈앞으로 다가오자 장로들의 얼굴은 서서히 흑색으로 변해갔다.

"청현아."

"예, 사형."

청허자는 예전 어릴 적 부르던 그 음성으로 청현자를 불렀다.

장문인이란 고귀한 직책을 가진 사제를 그리 부른 것은 사형으로서의 마지막 길을 가고 싶었기 때문일 것이다.

청현자의 입에서 울음이 섞여 나왔다.

아버지처럼 그를 대해주던 청허자의 모습이 새삼 그리워졌고 그때로 다시 돌아가고 싶다는 간절한 소망이 가슴속을 채웠기 때문이다.

그런 청현자의 울음소리를 들으며 청허자는 차분한 목소리로 말을 이어나갔다.

"나를 청암으로 데려가다오. 마지막으로 천화봉을 보고 싶구나."

"…사형."

거부할 수조차 없는 명이기에 서서히 다가가 허깨비처럼 가벼워진 사형을 업고 청현자가 자리에서 일어났다.

그 뒤를 장로들이 따랐고 마당에 늘어서 있던 운자배 제자들이 길을 이었다.

청암에 도착해서 내려놓자 청허자는 한눈에 들어온 천화봉을 한동안 바라보기만 했다.

평생을 함께해 온 천화봉.

다시는 보지 못할 정경을 마음속에 깊이 새겨놓기라도 하듯 그는 꽃이 떨어져 민산으로 변한 천화봉을 한없이 바라보았다.

얼마의 시간이 지났을까.

영원히 꼼짝도 하지 않을 것 같았던 그의 시선이 천화봉에서 멀어지며 사제들을 향해 돌아왔다.

"청면, 청명, 청우… 청무, 청문. 청현… 이제 너희 여섯만 남았구나."

"사형!"

호흡이 거칠어지기 시작한 음성에 장로들의 입에서 동시에 비명 같은 부름이 쏟아져 나왔다.

그러나 청허자는 억지로 손을 들어 그들의 감정을 틀어막았다.

"화려하게 피었던 꽃들도 언젠가는 지게 되니 그것이 자연의 이치다. 하물며 사람으로 태어나 한평생 너희들과 행복하게 살아온 나의 죽음이 어이 슬픈 일이겠는가. 내가 죽더라도 절대 눈물을 보이지 말라."

"사형!"

"행복했노라. 그대들이 있어 행복했고 점창에 살아서 즐거웠네. 살아서 구룡의 복원을 보고 싶었는데 그리하지 못했구면… 헉헉… 하지만 사제들이 잘해줄 거라 믿고 나는 이제 가네… 잘들 계시게."

"크흑… 사형!"

거짓말처럼 스르륵 눈을 감아버리는 청허자를 바라보면서 장로들이 동시에 무릎을 꿇었다.

천화봉이 한눈에 내려다보이는 청암.

그 속에서 죽어간 청허자의 모습은 더없이 편안해 보였다.

남아 있는 사람들은 마지막으로 원했던 청허자의 부탁을 들어주지 않고 여기저기 털썩 주저앉아 비통의 눈물을 흘렸다.

아버지와 같았던 청허자의 죽음을 그들은 절대 눈물 없이 보낼 수 없었다.

시뻘겋게 온 산을 붉게 물들이던 홍단이 지던 어느 날 청허자는 그렇게 덧없이 삶을 마감했고 남은 사람들은 슬픔 속에서 그의 장례식을 치렀다.

세상에서 제일 크고 화려하게 보내주고 싶었으나 점창 사람들은 그런 마음을 접고 오직 정성을 다해 양지바른 곳에 청허자의 시신을 모셨다.

억장이 무너질 것만 같은 슬픔이었지만 장문인을 비롯해서 전 문도들은 곧 심신을 가다듬고 출정 준비를 하기 시작했다.

청허자의 꿈, 그리고 점창의 소망인 구룡 복원은 조금도 소홀히 할 수 없는 절체절명의 과제였다.

청우자는 예상치 못했던 사형의 죽음에 충격을 받았던지 기어코 가야겠다는 자신의 주장을 굽히고 산에 남겠다는 말을 장문인에게 전한 후 칩거에 들어갔다.

고맙다는 말을 할 새도 없이 그는 현문으로 사라졌는데 그 이후로 그의 모습은 어디에도 나타나지 않았다.

그렇기에 떠나는 사람들은 인사조차 하지 못하고 산을 내려왔다.

장문인인 청현자를 비롯해서 청문과 청무자 등 모두 합해 일곱에 불과한 단출한 출행이었다.

운호 일행에게 구룡회가 열린다는 소식이 전해진 것은 칠일 전이었다.

가슴이 뛰었고 머리가 하얗게 비었다.

구룡 복원의 꿈.

사문의 일념인 구룡 복원은 구룡회의 개최에서부터 시작할 수 있으니 꿈에도 그리던 단초가 마련되었다는 뜻이다.

그러나 기쁨도 잠시.

구룡회가 개최된다는 소식을 접한 지 얼마 안 되어 청허 사백이 운명하셨다는 전갈을 받았다.

땅바닥에 털썩 주저앉아 목 놓아 울었다.

점창의 큰 어른이신 청허 사백은 사문의 정신적 지주였으며 그들을 키우는 데 결정적인 역할을 한 은인이었다.

누구보다 점창을 사랑했고 제자들을 위해 희생을 마다하지 않았던 분이셨으니 그의 죽음은 운호 일행에게 커다란 충격을 주었다.

며칠 동안 충격은 계속되었고 발걸음도 저절로 느려졌다.

목적과 목표는 명확한데 몸이 말을 듣지 않았다.

하지만 그런 그들의 행동은 또 하나의 전서를 받으면서 순식간에 바뀌고 말았다.

"운호, 장문인께서 이틀 전 산에서 출발하셨단다."

운여가 서신을 읽은 후 흐려져 있던 얼굴을 일그러뜨렸다.

아직 천왕산에 도착하지 못했는데 장문인을 비롯한 본진이 소림으로 출발했다는 소식이 들어오자 마음이 급해졌기 때문이었다.

"누가 나오셨는데?"

"청문 사숙과 청무 사숙이 출산(出山)하셨다고 쓰여 있지만 나머지는 명단이 없다. 중요한 내용만 적느라 여유가 없었던 것 같아. 그나저나 우리보고 시간에 맞춰서 오라는데 어쩌지?"

"어쩌긴 뭘 어째. 무조건 가야지. 그래도 다행이다. 거의 다 왔으니까 한 곳은 확인하고 갈 수 있겠다."

참으로 급박하게 돌아가는 상황이다.

청허 사백의 죽음 때문에 구룡회로의 출발이 지체될 것이라 예상했는데 본산 어른들의 판단은 그렇지 않았던 모양이었다.

운남에서 하남까지의 거리가 만 오천 리가 넘으니 예상치 못한 변수까지 감안해서 출발을 서두른 게 분명하다.

도인은 가급적 말을 타지 않는다.

무위자연을 꿈꾸는 사람들이니 급할 것도 없고 급해서도 안 되기 때문이다.

하지만 이렇게 급할 때는 사상이나 행동 습관을 고집할 수는 없다.

아무리 고강한 무공을 지닌 무인이라 해도 정해진 시간 안에 도착해야 하는 상황이라면 신법만으로 그 먼 길을 간다는 것은 말도 안 되는 짓이다.

말을 타고 움직인다 해도 보름은 잡아야 한다.

소림은 그렇게 먼 곳에 위치하고 있었다.

지금 운호 일행이 와 있는 곳은 북천(北川) 근처였다.

가장 유력하다고 판단했던 천왕산이 위치한 곳은 북천에서 불과 오십 리밖에 떨어져 있지 않았다.

문제는 시간이다.

이틀 전에 본진이 점창산을 떠났다면 자칫 본진보다 늦게 도착할 우려가 있었다.

천왕산이 위치한 곳은 오십 리 근처지만 워낙 광활했기 때문에 천의 존재를 확인하기 위해서는 얼마가 소요될지 알 수가 없었다.

현재 그들이 있는 곳과 운남에서의 출발을 비교한다면 오일의 시간 차가 발생한다.

다시 말해 이틀이 지났으니 삼 일 이내에 모든 일을 끝내고 하남으로 이동해야 된다는 뜻이 된다.

그랬기에 운호 일행은 서로의 얼굴을 확인한 후 지체 없이 신형을 날렸다.

오십 리란 거리는 그들에게 그리 먼 거리가 아니었다.

유운신법을 펼쳐 전력으로 움직이자 불과 반시진 만에 천왕산에 도착할 수 있었다.

사천의 북쪽 끝과 청해를 걸쳐서 사선으로 길게 위치한 천왕산은 그 길이만도 십 리에 달했고 주봉은 오백 장이 넘었는데, 그와 비슷한 봉우리가 다섯 개나 더 있을 만큼 험준한 산이었다.

산맥이라 칭하지 않는 것은 각 봉우리가 모두 붙어 있기 때문이었지, 규모가 작아서는 절대 아닐 정도로 광대한 험산이었다.

자연의 위대함을 확인한 운호 일행의 입이 저절로 열린 채 다물어지지 않았다.

미리 사람들에게 들었기 때문에 대단한 규모의 험산이란 걸 알고 왔음에도 직접 눈으로 확인하자 기가 질렸다.

산 아래에 도착해서 수색 범위를 나누려고 했던 그들은 천왕산의 규모를 확인하고 당초의 계획을 완전히 뒤엎어 버렸다.

산이 작다면 모를까 이렇게 광대한 산이라면 헤어져서 움직였을 경우 위험에 처할 가능성도 크기 때문이다.

물론 쉽게 당하지는 않을 것이다.

공청석유란 기연을 얻은 이후 그들의 무력은 절대의 경지로 들어서 있었기 때문에 웬만한 자들의 공격은 무난하게 피해낼 능력이 있었다.

하지만 천이란 자들의 무력을 이미 경험해 본 이상 자신할 일이 아니었다.

그들의 전력은 상상 이상으로 가공했기 때문에 개인이 상대한다는 것은 불가능에 가까운 일이었다.

괜한 만용으로 위험에 처할 이유가 없으니 그들은 고민 끝에 같이 움직이는 것으로 결론을 냈다.

시간이 부족할 수도 있지만 누군가를 위험에 처하게 하는 것보다는 낫다는 생각이었다.

산의 전경을 살피던 운호의 눈이 매섭게 빛났다.

참으로 넓고 높다.

아무런 계획 없이 산을 오른다면 얼마나 걸릴지 짐작할 수도 없을 만큼 광대하니 무작정 오른다는 것은 무모한 짓이다.

산의 지형을 확인하고 수색 범위를 최대한 좁힐 필요가 있었다. 머리가 제 능력을 발휘한다면 몸과 마음의 고생이 훨씬 적어지는 법이다.

사람이 살 수 있는 곳은 어딜까?

청해의 칼바람 속에 위치한 천왕산은 정상부가 하얀 만년설로 뒤덮여 있을 만큼 추워 사람이 살기 어려운 곳이니 봉우리나 능선은 대상에서 제외하는 것이 맞을 것이다.

그렇다면 봉우리와 봉우리가 만나는 분지거나 계곡일 가능성이 커진다.

그것도 천이란 거대한 조직이 존재하기 위해서는 그에 걸맞는 규모를 가지고 있어야 하기 때문에 범위를 좁혀 나갈 수 있다.

운호의 제안에 운상과 운여가 천왕산의 지형을 면밀히 주시한 후 두 군데씩 찍었다.

소하령도 나름대로 자신이 짐작한 곳을 내놨지만 운상과 운여가 말한 곳과 중첩이 되었기 때문에 수색 범위로 압축한 것은 네 군데였다.

영특한 그녀가 찍은 곳이 중첩이 되었다는 건 그만큼 지목한 곳의 가능성이 크다는 것을 의미했다.

그러나 그들이 제시한 곳에 한 곳이 추가된 건 운호에 의해서였다.

천왕산에서 가장 높은 봉우리, 천왕봉.

운호는 천왕봉을 반드시 가봐야 한다는 주장을 했던 것이다.

황당한 주장에 소하령의 얼굴이 잔뜩 찡그려졌다.

청해에 근접해 왔으니 추위도 너무 추웠다.

물론 내력을 끌어올리면 추위에 언 몸을 따뜻하게 만들 수는 있지만 내력을 끌어올린 채 다닐 수는 없으니 추운 날씨는 그녀를 괴롭히는 데 충분했다.

그런 마당에 천왕봉까지 올라가자는 말은 대뜸 반대하고 싶은 마음을 갖게 만들었다.

애초에 놈들이 있을 만한 곳의 가능성을 점치면서 제일 먼저 뺀 게 산의 정상인 봉우리들이었다.

"오라버니, 거긴 왜 가요?"

"천왕봉이니까."

"저기 하얗게 내려 있는 눈 안 보여요? 만년설이라고요. 만
년설!"

"그래서?"

"얼마나 추우면 저런 게 있겠어요. 사람들은 절대 저런 곳
에서 살 수 없을 거예요."

"그럴 수도 있겠지. 그런데 꼭 가봐야 하는 이유가 두 개가
있다."

"그게 뭔데요?"

"첫째는 천왕봉이라는 이름이 주는 의미 때문이다. 우리
점창의 어른들은 천이란 신비 조직의 정체를 과거 무림 침략
을 해왔던 천왕성이라고 추측하고 있어. 천왕성과 천왕봉. 어
때? 가볼 만하지 않아?"

"또 하나는요?"

"천왕봉이 제일 높기 때문이야. 천왕봉에 올라가면 천왕산
의 지형을 한눈에 볼 수 있을 거다. 그러니 다른 곳을 헤매기
전에 올라가 보는 게 좋지 않겠어?"

"알았어요. 가요!"

입을 삐죽 내민 채 질문을 던지던 소하령이 운호의 대답을
듣고 지체 없이 몸을 돌렸다.

역시 특별한 여인이다.

춥다는 선입감을 단숨에 던져 버리고 운호의 설명에 금방

동조해 버리는 그녀의 결단력은 여간한 여인에게서는 절대 볼 수 없는 것이었다.

험산도 이런 험산이 없다.

나무로 이루어진 숲은 겨우 오부 능선에서 끝이 났고 나머지는 모두 기암괴석으로 이루어져 있었는데, 칠부 능선부터는 만년설로 덮여 있어 신법을 펼치지 않으면 움직이기조차 힘들었다.

유운의 신기가 작동되며 만년설 사이로 숨어 있는 암석들을 차례대로 밟은 후 천왕봉의 정상에 도착한 것은 두 시진이 훌쩍 지난 후였다.

참으로 높은 산이다.

비록 전력으로 운용한 것은 아니었지만 운호 일행 정도의 무력을 가진 무인들이 신법을 쓰고서도 두 시진이나 걸렸으니 평민이 오른다면 꼬박 이틀은 걸린다.

천왕봉에 오르자 칼같이 매서운 바람이 몰아쳤다.

눈을 제대로 뜨지 못할 정도의 차가운 바람이었는데, 만년설이 바람에 날려 마치 눈이 오는 것처럼 보였다.

운호는 천왕봉에 오른 후 지체 없이 사방을 돌아보았다.

창처럼 불쑥불쑥 솟아오른 봉우리들이 사방에 퍼져 있고 사방 십 리 정도의 정경이 한눈에 들어왔다.

하지만 운호가 본 것은 천왕산의 지형이었다.

천천히, 그리고 면밀하게 한 장 한 장 끊어서 주시했다.

먼저 확인한 곳은 운상과 운여가 제시한 곳들이었으나 그곳은 능선에 가로막혀 있었고 너무 멀어 확인이 불가능했다.

하지만 실망하지 않고 조금씩 끊어서 가능성이 있는 곳을 찾았다.

예감을 믿었다.

천왕성과 천왕산, 그리고 천왕봉.

예감은 천왕봉이 그들의 근거지일지도 모른다는 경고를 계속해서 보내오고 있었다.

신비 세력들의 공통점은 누군가가 자신들의 존재를 모르도록 노력한다는 것이다.

그런 측면에서 본다면 그들의 근거지는 분명 은밀한 곳에 숨겨져 있을 게 틀림없었다.

한눈에 들어오는 전경 속에서 뚫어지게 한 장씩 끊어서 면밀하게 관찰한 것은 그런 이유 때문이다.

그리고 그런 노력은 이각이 지난 후에야 기어코 빛을 발하기 시작했다.

삼면은 능선으로 이루어진 반면 유독 북쪽 방향만 절벽처럼 급하게 사면이 형성되었는데, 운호는 뭔가를 발견한 듯 자세를 낮추더니 그쪽으로 향했다.

상체를 최대한 끌어내어 안 보이는 곳을 보기 위함이었다.

그러나 지형은 활처럼 휘어져 시야에 들어오지 않았다.

"여기서 잠시 기다려라."

"어딜 가는데?"

"저기를 넘어갔다 와야겠다."

"절벽은 왜?"

"내가 못 본 곳은 저기밖에 없다. 그러니 보고 와야겠어."

"야, 여기가 얼마나 높은 곳인지 몰라? 아무리 너라도 저기서 떨어지면 죽어!"

"안 죽어. 걱정 마라."

어깨를 잡아온 운상의 팔을 떼어내며 운호가 절벽에서 일어나 서쪽으로 이동했다.

그런 후 사면을 타고 절벽으로 몸을 날렸다.

깎아 지른 절벽에 난 바위틈을 찾아 발을 디딘 운호의 몸이 마치 독수리처럼 움직이며 중앙을 향해 움직였다.

떨어지면 죽을 수밖에 없는 끝없는 절벽.

미세한 바위틈을 의지해서 날아가는 운호의 신형은 금방이라도 떨어질 것처럼 위태위태했다.

그럼에도 신기를 보이며 끝없이 전진한다.

그의 몸은 바람처럼 움직였고 너무 부드러워 누군가가 밑에서 받쳐 주는 것처럼 느껴질 정도였다.

얼마의 시간이 지났을까.

어느 순간 절벽의 중앙에 도착한 운호의 눈이 찢어질 듯 부릅떠졌다.

천왕산의 후면. 정상뿐만 아니라 어느 곳에서도 발견할 수 없는 지형.

그곳에 펼쳐진 장관은 운호를 숨조차 쉬지 못할 만큼 놀라게 만들고 있었다.

4장

검은 그림자

　구름 사이로 보이는 전각들의 바다.

　그렇다. 바다라는 단어 외에는 어떠한 표현도 어울리지 않을 만큼 전각들은 끝없이 펼쳐져 있었다.

　완벽하게 숨어 있는 지형.

　봉우리와 봉우리 사이, 그리고 천왕봉의 절벽을 끼고 자리 잡은 천혜의 요새.

　수많은 전각들이 들어찬 곳은 차가운 칼바람을 완벽하게 틀어막은 능선들이 병풍처럼 늘어섰고 따스한 빛이 눈부시게 쏟아져 들어오는 양지바른 곳에 위치해 있었다.

　천왕성의 근거지가 아닐 거란 생각은 조금도 떠오르지 않왔다.

이런 곳에 저 정도의 대규모 병력들이 상주한다는 것은 어떤 세력도 불가능한 일이다.

그랬기에 운호는 왔던 길을 뒤집어서 친구들이 있는 곳으로 급히 날아갔다.

서둘러야 한다.

이곳에 천왕성의 근거지가 없었다면 모를까, 발견한 이상 그들의 존재가 노출되었을 가능성이 컸다.

절벽 사이를 날아서 급하게 돌아온 운호가 초조하게 기다리고 있는 친구들을 향해 소리친 것은 그런 이유 때문이다.

"가자!"

"왜 그래?"

"놈들을 찾았다."

운호의 한마디에 모든 것을 눈치챈 운여가 먼저 몸을 날렸고 그 뒤를 나머지가 따랐다.

돌아가는 길.

만년설로 덮인 봉우리의 급경사를 따라 내려가는 것은 오르는 것보다 훨씬 힘들고 어려운 일이었다.

잘못 발이라도 딛게 된다면 그길로 천 장 까마득한 산 아래로 떨어질 것이고, 또한 목숨을 부지하기 힘들 정도의 험악한 암석로가 그들을 기다리고 있다.

암석은 눈 속에서 까맣게 튀어나와 있었으나 얼음으로 덮여 반들반들 윤이 날 정도로 미끄러워 신법을 펼치고도 조심하지 않으면 낙상할 위험이 컸다.

그러나 더욱 그들을 위험하게 만드는 것은 암석 사이에 숨어서 기다리고 있던 천왕성의 병력들이었다.

어느샌가 주변을 완벽하게 포위한 천왕성의 병력들은 그들의 하산길을 가로막고 공격을 개시했는데, 그 숫자가 셀 수 없이 많았다.

"천왕봉에 사람이 올랐단 말이지?"

"예, 그러하옵니다."

"천일조가 막지 못한 이유는?"

"너무 빨라 미처 막을 새가 없었다고 합니다. 더군다나 오른 자들의 무력이 가공하다고 합니다."

"대단한 무력을 지닌 놈들이라……."

보고를 들은 삼십 후반의 사내가 건조한 웃음을 흘려냈다.

천왕성주의 둘째 아들이자 천왕삼십육탄의 수장이며 주력 전투부대 일운강을 이끌고 있는 요홍이 바로 그였다.

요홍은 앞에 있는 사십 후반의 사내를 바라보며 잠시 동안 아무 말도 꺼내지 않았다.

예상치 못한 일에 대해서 함부로 말을 꺼내지 않는 것은 그의 평소 성격이 신중함을 넘어 까다로울 정도로 세심했기 때문이었다.

사십 후반의 사내, 천왕성의 외성 경비를 책임지고 있는 천일조의 수장 서효원은 요홍이 말을 멈추고 자신을 바라보자 시선을 마주친 후 신중하게 입을 열었다.

서효원은 성주가 머물고 있는 내성을 제외한 모든 구역의 경비를 맡고 있는 인물로서 요홍의 오른팔과 같은 자였다.

"제 생각에는 아무래도 그자들이 소천께서 잡으려고 했던 마검 일행인 것 같습니다."

"왜지?"

"제가 듣기로는 그들을 중경과 인접한 호북의 수호에서 놓쳤다고 했습니다. 경로는 여러 가지겠지만 만약 그자들이 우리에 대한 조사를 포기하지 않았고 마창에게 뭔가를 들은 것이 사실이라면 이쪽으로 왔을 가능성도 큽니다."

"그럴 수도 있겠구먼."

"천일조로는 막을 수 없습니다. 놈들을 잡기 위해서는 다른 방법이 필요합니다."

서효원의 말에 요홍이 깍지 낀 손을 입가로 가져갔다.

뭔가를 생각할 때 하는 그의 버릇이다.

마검이라…

마검이 왔다는 것은 팔비검과 무풍검이 같이 움직인다는 것을 의미하는 것이었다.

절대의 경지에 들어선 자들.

자신의 형인 요문이 잡기 위해 직접 움직였음에도 결국 놓친 자들이 여기까지 왔다는 것은 비밀의 심장부를 알아냈다는 뜻이다.

대업을 위해서는 반드시 죽여야 할 자들임이 분명했다.

그럼에도 쉽게 입이 떨어지지 않았다.

현재 외성에 있는 주둔 병력은 일운강과 천강전뿐이었고 두 부대는 그가 가진 전부였다.

외성의 경비 병력인 천일조까지 합한다 해도 그가 가진 힘은 소천의 십분지 일도 되지 못했다.

그런 마당에 수족들을 움직이고 싶지는 않았다.

아무런 영양가도 없는 일에 나서서 수족들을 죽이는 짓은 멍청하고도 우둔한 짓이었다.

"이봐, 일문."

"예, 주군."

"우리 병력을 움직이면 잡을 수 있을 것 같나?"

"쉽지 않을 것입니다."

"왜?"

"마검은 이미 십제의 반열에까지 거론되는 자입니다. 더군다나 같이 다니는 자들도 절대의 경지에 오른 것으로 추측되고 있습니다. 아마 외성 병력이 나서면 잡지는 못하고 커다란 손실만 볼 것입니다."

"내가 나서도?"

"마찬가집니다. 더군다나 외성 병력이 나서기에는 시간적으로 맞지 않습니다. 놈들은 지금쯤 천왕산을 내려갔을 테니까요."

서효원의 대답에 요홍의 안색이 흐려졌다가 돌아왔다.

맞는 말이기 때문이다.

그리고 서효원은 자신이 외성 병력을 움직이지 않을 거란 걸 짐작하고 있었기 때문에 보고를 서두르지 않았을 가능성이 컸다.

"그렇다면 최상의 방법은?"

"십방과 면양에 상당수의 병력들이 나가 있습니다. 정히 잡을 요량이면 그들을 움직여야 됩니다."

"마검이 정말로 십제의 반열에 든 자라면 마찬가지다. 천왕이십오성 중 누군가가 특수부대를 이끌고 나선다면 모를까, 나머지 가지고는 손실만 입을 뿐이야."

맞는 말이다.

마검을 잡기 위해서는 천왕이십오성 중 누군가가 나서야 된다.

천왕이십오성은 절대의 반열에 들어선 천왕성 최강의 무인들로서, 그중 반은 내성에 머물고 있는 중이며 나머지는 천하에 흩어져서 대계를 시행하는 중이었다.

요홍은 자신이 이야기를 해놓고도 계면쩍은 듯 머리를 쓰다듬었다.

자신이 천왕이십오성의 일인이면서 다른 사람을 찾고 있

었으니 그럴 만도 했다.

지금이라도 누군가가 나서야 한다면 최고 적임자는 바로 그였다.

하지만 서효원은 그의 행동을 모르는 척하면서 말을 이어 나갔다.

"그래도 해야 됩니다. 여기서 손을 놓고 있게 되면 문책을 피하지 못할 테니 시늉이라도 내시는 게 좋을 듯합니다."

"공을 내성으로 넘기도록. 총사에게 사정 이야기를 하고 병력들을 투입해 달라고 부탁해."

"총사는 금방 우리 뜻을 알 겁니다."

"그건 내가 감당할 테니까 걱정하지 마. 그저 알려주기만 하면 총사가 알아서 할 거야. 자네가 직접 들어가서 총사한테 보고해. 내가 자리에 없었던 걸로 하면 자네를 추궁하지는 못할 것이야."

"알겠습니다."

서효원이 쓴웃음을 짓고 있는 요홍을 바라보며 허리를 깊게 숙인 후 방문을 나섰다.

하책임이 분명하다.

아마 귀신같은 머리를 가지고 있는 총사는 요홍의 의중을 단박에 파악하고 웃을 것이다.

그럼에도 아무 말도 하지 않고 물러선 것은 하책임에도 상책의 길이 열려 있었기 때문이었다.

외성의 아 측 병력을 움직여 마겸을 치고 손실을 입히는 것이 상책 중의 상책임은 주군인 요홍도 알고 자신도 안다.

견제를 받고 있는 상황이니 수많은 사상자를 내면서 충성을 보여주게 되면 조금이라도 숨 쉴 수 있는 틈을 마련할 수 있을 것이다.

하지만 그럴 수는 없다.

언제 어느 때 칼끝이 돌아올지 알 수 없는 상황에서 병력을 잃는다는 것은 죽음의 길로 한 발자국 들어선 꼴이 되어버린다.

죽음으로 신뢰를 얻는 것보다는 신뢰를 잃는 한이 있어도 살아남는 것이 중요했다.

지금은 천왕성의 대계 완성이 가장 커다란 지상 과제였지만 대계가 완성되고 나면 어떠한 일이 벌어질지 누구도 확신할 수 없었다.

성주와 소천의 뜻을 거역하고 반역을 도모코자 하는 것이 아니었다.

자신을 따르는 병력만이라도 온전히 유지해서 대계가 완성되었을 때 천하의 일각을 차지하려는 것이 그들의 소망이었다.

하지만 총사는 그런 그들을 그냥 내버려 두지 않고 수시로 견제를 하며 숨 쉴 틈을 주지 않았다.

만에 하나를 대비하는 총사의 귀계는 그들의 행동 하나하나를 밀착 감시하며 옴짝달싹 못하도록 만들고 있었다.

　서효원은 천천히 걸어서 내성으로 들어갔다.

　용담호혈.

　천왕성의 심장부이자 수많은 괴물들이 웅크리고 있는 곳.

　내성에 있는 무인들이 중원으로 나가는 순간 천하의 무력 서열은 그 의미가 상실될 정도로 막강한 무인들이 숨 쉬는 곳이 바로 내성이다.

　살을 엘 것 같은 기세가 내성으로 들어서자 북풍처럼 몰아쳐 왔다.

　자신이 천일조의 수장임을 알면서도 이런 기세를 쏘아낸다는 것은 내성의 분위기가 다른 때와 다르다는 것을 알려주는 것이었다.

　이미 알고 있는 걸까?

　아마 그럴지도 모르겠다. 아니, 어쩌면 총사는 마검 일행이 십방을 넘는 순간 알고 있을지도 몰랐다.

　천왕산 백 리 근방은 천왕성의 눈이 도처에 깔려 있어 조금만 이상한 일이 벌어져도 금방 천혼이 움직인다.

　천왕성의 눈인 천혼은 무림에서 벌어지는 정보들을 분석해서 성주와 총사에게 전달하는데, 특히 근거지가 있는 십방 근처의 일들에 대해서는 아주 작은 일도 놓치는 법이 없었다.

　수라문으로 들어서자 매섭게 몰아치던 기세들이 순식간에

몸에서 떨어져 나갔다.

그때부터 서효원의 몸이 경직되기 시작했다.

기세가 사라졌는데 몸이 경직된 것은 더한 위험을 직감했기 때문이었다.

총사가 머무는 수라문은 천왕삼망이 지킨다.

그들이 누군지는 알려지지 않았고 알아서도 안 되는 불문율이었다.

단지 총사의 안위를 지키는 천왕삼망은 성주의 직속 친위부대이자 경호를 맡고 있는 천왕칠기와 맞먹을 정도로 강한 무인들이란 사실만 알려져 있을 뿐이었다.

서효원은 침을 꿀꺽 삼킨 후 수라문으로 들어서서 전각 앞에 섰다.

그러자 전각 안에서 부드러운 목소리가 흘러나왔다.

"일문, 무슨 일로 왔는가?"

"보고드릴 일이 있어 왔사옵니다."

"들라."

방문을 열고 조심스러운 걸음으로 들어서자 청수한 노인이 자리에서 눈만 들어 그를 맞이했다.

앉아서 천 리를 본다는 사람.

천왕삼뇌 중 장형으로서 천왕성의 모든 계획을 주관하는 총사 천뇌 설운호가 바로 그였다.

설운호는 서효원이 방 안으로 들어서서 잠시 서 있자 부드러운 표정으로 자리에 앉기를 권했다.

무슨 생각을 하는지 알 수 없는 눈.

그 눈이 물끄러미 다가오자 서효원의 몸이 으슬거리며 떨렸다.

"그래, 무슨 일로 왔는가?"

"천왕산에 괴한들이 올라왔다는 보고입니다. 천일조가 현재 포위망을 구축하고 있으나 괴한들의 무력이 워낙 강해서 피해가 속출하고 있는 실정입니다."

"누군지는 모르고?"

"아직 정체는 밝혀지지 않았으나 소인은 그자들이 마검 일행이 아닐까란 추측을 하고 있습니다."

"그건 왜?"

"소천께서 마검 일행을 수호에서 놓쳤다고 들었습니다. 마검이 본성의 비밀을 알고 있다는 소릴 얼핏 들은 적이 있기 때문에 드린 말씀입니다."

"그럴 수도 있겠구면."

"침입자가 마검 일행이라면 천일조만 가지고는 막아내지 못할 것입니다."

"이공자는 자리에 계시는가?"

"출타하셔서 미처 보고를 드리지 못했습니다. 하지만 전서를 날렸으니 지금쯤 급하게 돌아오시고 계실 겁니다."

"쯧쯧… 이제 와서 외성 병력을 빼봤자 의미가 없겠구면.

이공자께서 자리를 지켰다면 조금 늦었더라도 죽영 근처에서 막을 수도 있었을 텐데… 아쉽게 됐어. 그렇지?"

"…그렇습니다."

"그래, 이공자께서는 이런 중요한 때에 어디 가신 건가?"

"십방 쪽에 나가셨습니다."

"십방에 아름다운 기녀가 들어왔다고 하더니 거길 가셨던 게로군. 알았네. 그만 가봐."

"어찌하실 요량이신지……."

"어찌긴. 여기까지 왔는데 인사는 해야 되지 않겠나. 내가 잘 배웅할 테니 자네는 이공자께서 돌아오시면 걱정하지 말라고 전하게."

이상했지만 그렇다고 의문 때문에 걸음을 멈출 수는 없었다.

암석 사이에서 불쑥불쑥 튀어나오며 공격을 개시하던 혈의인들은 시간이 지나자 마치 맹수를 쫓는 사냥감처럼 멀찍이서 포위망을 구축할 뿐 공격의 의지가 날카롭지 않았다.

뭔가 수상했다.

천왕성의 병력은 지금까지 상대했던 어떤 자들보다 뛰어난 무력을 지녔는데, 마치 슬금슬금 놓아주기라도 하듯 길을 터주니 운호 일행은 바람처럼 움직여 포위망을 뚫고 나갔다.

이상하다는 생각은 가졌으나 그렇다고 다행이라는 생각을

가진 것도 아니다.

어차피 결사적으로 공격을 해왔어도 결과는 마찬가지였을 테니 말이다.

천왕산을 빠져나온 운호 일행은 뒤도 돌아보지 않고 전력으로 십방(什防)을 향해 움직였다.

일이 생각보다 쉽게 풀렸기 때문에 시간을 벌었지만 그렇다고 안심할 상황은 아니었다.

천왕성의 근거지가 사천 북부였다는 것이 확인된 이상 십방(什防)과 면양(綿陽)을 빠져나갈 때까지는 잠시도 안심해서는 안 된다는 것이 그들의 판단이었다.

다섯의 흑포 괴인들이 나타난 것은 수녕(遂寧)을 훨씬 지나서였다.

이틀 동안 전력을 다해 청성산을 지나쳤고 그것도 부족해서 수녕(遂寧)까지 내쳐 달렸는데 다섯의 흑포 괴인들은 기다렸다는 듯 그들을 가로막은 채 검을 꺼내 들고 있었다.

기세가 없다.

기세가 없다는 것은 초절정의 경지로 들어섰다는 것을 의미하는 것이었으니 걸음을 멈춰 선 운호 일행은 소하령을 뒤로 돌린 후 천천히 간격을 벌려 섰다.

운호의 입이 열린 것은 다섯의 흑포 괴인들 중 중앙에 선 자가 검을 비켜 든 채 접근해 올 때였다.

사내는 서른이 조금 넘은 것처럼 보였다.

"우리를 기다렸나?"

"당연히."

"천왕성에서 왔겠지. 정체를 밝혀!"

"남들은 우릴 보고 오신풍(五神風)이라고 부른다. 들어보진 못했을 것이다. 아직 세상에 나온 적이 없으니까."

"당신들만 왔나?"

운호가 대답을 해온 자의 눈을 피해 뒤에 선 자들과 그 뒤를 한꺼번에 훑었다.

이들만 왔다면 모를까 다른 자들까지 몰려왔다면 이곳에서 또다시 진한 피를 흘려내야 될지도 몰랐다.

무심하게 자신을 바라보는 사내의 눈은 너무 깊어서 그 끝을 알 수 없었다.

사내에게서 대답이 나온 것은 운호의 눈이 제자리로 돌아왔을 때였다.

"우리만 왔으니 뒤를 볼 필요는 없다."

"그렇다면 비켜서라. 너희들만 가지고는 안 된다."

"상대가 마검이란 소릴 듣는 순간 어렵겠다는 생각을 했다. 그래도 할 수 없어. 아마 총사는 우리 주군에게 경고를 하고 싶어 했던 모양이다. 수많은 자들 중에서 하필 우리를 죽음으로 몰아넣었으니 말이다."

"무슨 소리냐?"

"그런 게 있어. 우리 내부의 일이니까 신경 쓰지 마."

오신풍의 수장, 상수의 얼굴에서 희미한 웃음이 떠올랐다.

웃음이되 웃음이 아닌 웃음. 바로 슬픈 웃음이다.

이공자인 요홍의 최측근이란 이유로 총사는 임무를 마치고 복귀하는 그들에게 이곳에서 대기하라는 명령을 내렸다.

나중에 상대가 마검이라는 사실을 듣고 급하게 전서를 띄웠으나 요홍에게서는 미안하다는 답신만 왔을 뿐이었다.

자세한 내용을 알 수 없었으나 그것만으로도 충분했다.

동생처럼 아끼던 자신들을 죽음 속으로 몰아넣을 정도라면 주군인 요홍은 엄청난 위기에 처했음이 분명했다.

죽음을 원한다면 죽어준다.

주군이 자신들의 죽음으로 총사가 쳐놓은 덫에서 벗어날 수만 있다면 그까짓 죽음이 뭐 그리 대수겠는가.

어차피 주군으로 인해 살아난 생명이었으니 아까울 것도, 안타까울 일도 아니었다.

당운영은 당가의 주력이 머무는 숙원으로 돌아간 후 꼼짝하지 않았다.

보고 싶던 사람, 보고 싶었던 얼굴.

꿈속에서조차 그리워하며 언젠가 다시 만날 수 있을 거란 희망을 잃지 않고 살아왔다.

친구인 황보혜로부터 혼인식 전날 그가 찾아왔었다는 소식을 나중에서야 전해 들은 그녀는 목 놓아 소리 내어 울었다.

아버지와 가문의 결정으로 어쩔 수 없이 하게 된 혼인이었다.

정략결혼.

당가의 어른들은 청성파를 꺾기 위한 방편으로 풍검문을 선택한 후 그녀를 희생양으로 삼았다.

안 된다며 미친년처럼 날뛰었으나 혼자의 힘으로는 버텨 낼 수가 없었다.

어머니가 먼저 울었고 뒤이어 아버지가 울면서 그녀를 설득했다.

가문의 영광을 위해서는 풍검문과 혼인을 해야 된다며 그녀를 끊임없이 수렁 속으로 밀어 넣었다.

사랑하는 사람이 있다는 말조차 할 수 없었다.

사랑하는 님은 산으로 돌아간 후 한 통의 편지조차 주지 않았고 어떠한 소식도 보내오지 않았다.

죽고 싶을 만큼의 괴로움이 지나고 포기하는 마음들이 생겨나기 시작했다.

가문을 위해 그녀를 설득하는 부모님이 불쌍했고 당당함 속에서도 안타까움을 숨기지 못했던 가주님의 모습에 조금씩 무너져 가는 자신을 바라볼 수밖에 없었다.

체념의 시간이 지나가자 마음을 가다듬기 시작했다.

이왕 혼인을 할 것이라면 모든 사람을 완벽하게 속여 가문에 누가 되지 않도록 만들 필요성이 있었다.

풍검문의 장자 석천이 그 먼 길을 찾아와 그녀의 마음을 돌렸다는 거짓말을 친구인 황보혜에게 전해준 것도 바로 그런 이유 때문이었다.

그것이 그녀를 이렇게 고통스런 삶 속에서 허덕이게 만들 줄은 몰랐다.

혼인이 정해진 후 점창과의 대결에 나섰다.

가문에서는 그녀와 운호의 관계를 몰랐기 때문에 대결이 벌어진 장안평으로 그녀가 가는 것을 막지 않았다.

마음을 굳게 먹고 그를 마지막으로 보려 했다.

어차피 혼인이 결정된 이상 사랑했던 그를 마음속에서 지운 후 가문으로 돌아가려 했다.

하지만… 그를 보자마자 억장이 무너져 내렸다.

그가 나를 알아보지 못하는 것이 미웠다.

그까짓 가면 하나 썼다고 사랑하는 사람을 못 알아보는 그가 너무 미워 승부가 결정되었음에도 억지를 부려 싸움을 걸었다.

마주 서서야 알아본다… 나를.

그의 눈에 담긴 슬픔. 보고 싶었다며 더듬거리던 그의 음성.

모든 것이 자신의 잘못으로 인해서 벌어진 일이라며 미안하다던 그의 목소리에 왈칵 눈물이 올라왔다.

눈물을 보여주고 싶지 않았다.

눈물을 보이게 되면 수많은 사람을 아프게 할까 봐 참고 참았다.

수많은 사람을 죽였던 천고의 암기 강접을 그의 몸을 향해 쏘아낸 것은 그런 그녀의 마음을 숨기기 위함이었다.

죽이고자 한 것은 아니었으나 그의 몸에서 옷이 찢기면서 시뻘건 선혈이 배어났다.

엄청난 무력을 지닌 그는 손쉽게 피할 수 있는 그녀의 공격을 그저 서서 받아들였다.

피가 흘렀다… 사랑하는 님의 몸에서 선혈이 흘러나와 그녀의 눈에 새겨졌다.

마지막으로 주는 선물이기에 피할 수 없었다는 그의 말을 들은 후 기어코 인내심이 무너져 내렸다.

울었다.

원 없이 울며 그의 몸을 부여잡았다.

순백의 옷이 그의 몸에서 흐른 피로 젖어갔으나 그런 것에 신경 쓸 겨를이 없었다.

그녀의 두 손에 담긴 그의 얼굴.

눈과 코, 그리고 입.

언제나 상상만 해도 즐거웠던 그의 얼굴이 두 손에 가득 담겨 있었다.

울면서도 기뻤고, 기쁘면서도 슬펐다.

이제 헤어지면 다시는 못 볼 사람이기에 정성을 다해 만져

준 후 떨어지지 않는 손을 거둬들일 수밖에 없었다.

잔인한 이별.

그렇게 잔인한 이별을 끝내고 돌아온 후 그녀는 오랫동안 방에서 나올 수 없었다.

상실.

마음의 병을 얻은 사람은 일어서지 못하고 먹지도 못한다.

그녀는 집으로 돌아온 후 열흘 동안 쓰러져 일어서지도 못하며 무의식 속에서 운호만을 찾았다.

이를 악문 채 그에게서 돌아섰지만 마음은 여지없이 그를 떠나지 못하고 정신을 잃게 만들었다.

그 열흘 동안 그녀는 무의식 속에서 운호와 함께 살았다.

사랑을 속삭였고 그의 품에 안겨 깊고 깊은 밤을 꼬박 새웠다.

예쁘고 잘생긴 딸과 아들을 낳았으며 그와 함께 곱디곱게 늙어갔다.

즐거운 삶이었고 행복한 인생이었다.

그저 스쳐 지나가는 일장춘몽이었다면 얼마나 좋았을까.

오랜 시간이 지나고 정신을 차렸음에도 그에 대한 그리움이 없어지지 않았으니 그녀의 삶은 서서히 지옥으로 변해갔다.

그가 찾아와 주길 간절히 바랐다.

사랑한다는 말과 함께 떠나자고 한다면 목숨을 바쳐서라

도 따라나설 생각이었다.

찾아와 준다면… 그가.

그렇게 간절히 원했으나 그는 혼인식이 끝날 때까지 끝끝
내 나타나지 않았다.

떨어지지 않는 발걸음으로 다른 남자의 앞에 서며 자신을
이렇게 떠나보내는 그를 원망하고 또 원망했다.

원망 속에서 피어나는 그리움은 또 어쩔 것인가.

아…!

그런데 왔었단다.

혼인식이 끝나고 한참이 지난 후 그가 왔었다는 소식을 황
보혜로부터 들었다.

정략결혼이었냐는 질문에 황보혜는 그렇지 않다고 대답했
다면서 그녀의 행복을 위해 다시는 찾지 말라는 부탁을 했다
고 한다.

너무 황당하고 슬퍼서 아무런 말도 하지 못했다.

누가 누구를 탓한단 말인가.

친구를 위해 운호를 보내 버린 황보혜의 행동은 그녀가 한
거짓말이 원인이었다.

울고 또 울었다.

그를 다시 볼 수만 있다면 무슨 짓이라도 할 수 있을 것만
같았다.

풍검문의 접근이 의도적이었다는 사실을 안 것은 혼인식

이 끝나고 석천을 따라 안휘 본가에 간 후 한참이 지났을 때였다.

석천은 혼인을 하고도 그녀와 합방을 하지 않았다.

처음에는 혼인 첫날밤, 마음의 준비가 될 동안 당분간 각방을 쓰자는 그녀의 제안을 받아들였기 때문이라고 생각했는데 나중에서야 그가 여자를 안을 수 없는 고자라는 사실을 알게 되었다.

싸늘한 시선.

처음 당문에 왔을 때와는 다르게 석천은 안휘 풍검문으로 돌아가자 아예 그녀를 쳐다보지도 않았다.

없는 사람 취급.

그런 상황이 오히려 그녀를 고요 속에서 숨 쉬게 만들었다.

혼인은 했으나 혼자 사는 몸이 된 그녀는 그때부터 그리운 사람을 기다리기 시작했다.

기다림은 지치는 게 아니었다.

기다리지 않으려 노력하는 것이 더욱 힘들고 괴로운 것이라면 기다림은 즐거움으로 변하기 때문이다.

추억 속에서 시간을 살아갔다.

먹고 자는 것이 꿈결 같았고 살아간다는 것이 의미가 없어졌다.

기다리는 사람의 시간은 그렇게 허무하게 지나가는 것이니까…

그런 그녀에게 새로운 전기가 만들어진 것은 청당전으로 인해서였다.

청당전이 벌어지자 석천은 기다렸다는 듯 그녀의 방을 찾아와 떠날 준비를 하라는 말을 꺼냈는데 얼굴에는 조소가 가득 차 있었다.

나중에 알게 되었지만 청성과의 싸움에 당문을 부추긴 것은 풍검문이었다.

혼인이 있기 전부터 그들은 주도면밀하게 당문과 접촉하며 청성과의 일전을 준비했다고 한다.

백부인 가주를 비롯해서 부친인 당황까지 풍검문의 의도를 알면서도 받아들인 이유는 손해 볼 게 하나도 없다는 판단 때문이었다.

풍검문은 안휘에 근거를 두고 있는 집단이니 싸움이 끝나도 뿌리를 흔들 만큼의 영향력을 발휘하지 못할 것이라는 게 당문 어른들의 판단이었다.

그 이면에는 당운영을 버릴 수도 있다는 심산이 깔려 있었다.

풍검문이 최후에 그녀를 인질로 잡는 경우가 발생한다 해도 당문은 그런 협박을 무시하겠다는 심산을 가졌던 것이 분명했다.

세상은 참으로 더럽다.

가문은 그녀를 버렸고 풍검문은 그녀를 이용해서 싸움에

가담했으니 그녀의 존재는 그들에게 벌레만도 못한 것이었다.

그랬기에 가문으로 돌아와 전장에 참여하면서 미친 듯 싸웠다.

싸우다 죽어도 좋다.

사랑하는 사람들에게 버림받았으니 이런 삶을 살아가는 게 무슨 의미가 있단 말인가.

그런데… 그런데… 죽고 싶어 하는 그녀에게 그가 불쑥 나타났다.

이미 무림의 전설이 되어버린 그는 순식간에 전투를 종결시켜 버리며 양측의 공격 의지를 꺾어버린 채 군웅들을 오연하게 바라봤다.

몸이 떨려와 움직일 수가 없었다.

나를 찾아왔다… 나를.

저 남자는 아직까지 자신을 잊지 못하고 여기까지 찾아와줬구나.

그런 생각으로 한 발 한 발 앞으로 나섰다.

그러나 자신이 아니라 다른 여인을 바라보는 그의 시선을 확인한 순간 걸음을 멈출 수밖에 없었다.

아름다운 여인. 이름이 한설아라 했던가.

힘겹게 앞으로 나서던 걸음이 멈춰졌고 등을 돌린 채 한설아를 바라보는 그의 모습은 슬프도록 낯선 것이었다.

그랬구나. 그랬어.

그는 이미 다른 여인을 사랑하고 있었는데 그것도 모르고 나는 바보같이 그만을 그리워했구나.

바보같이…

5장

하남행

　태사의에서 눈을 감고 있던 사내의 눈이 떠졌다.

　요문.

　천왕성을 실질적으로 이끌고 있는 암현의 지배자.

　성주인 요환은 대계가 시작되자 요문에게 전권을 일임하고 이선으로 물러나 본거에서 나서지 않았다.

　무림일통의 꿈을 이루게 되면 앞으로의 세상은 요문에 의해서 좌우되어야 된다는 게 그의 생각이었다.

　아들을 생각하는 아비의 마음.

　일부 노신들을 제외한 성의 주요 인사들이 요문을 주군으로 모시며 대계를 추진하는 것은 성주의 그런 뜻을 너무나 잘 알고 있었기 때문이었다.

방금 요문의 눈을 뜨게 만들며 방 안으로 들어온 총사 설운호는 그들 중 핵심적인 역할을 수행하는 사람이었다.

천뇌. 하늘의 뜻마저 알 수 있는 머리를 가졌다는 뜻이다.

그만큼 그의 머리는 범인의 상식을 완전히 뛰어넘을 만큼 대단해서 천왕성의 대계를 홀로 관장했는데, 네 명의 나머지 대공들을 완벽하게 제압하고 주요 인사들의 충성 서약을 받아내서 요문이 천왕성의 실권을 틀어쥘 수 있도록 결정적인 역할을 한 것도 바로 그였다.

왜 그가 요문을 선택했고 그리 절대적인 충성을 하고 있는지 사람들은 아무도 그 이유를 알려 하지 않았다.

중요한 것은 '왜'가 아니라 그가 이미 요문의 사람이 되었다는 것이었다.

설운호는 눈을 뜬 채 자신을 바라보는 요문을 향해 깊이 허리를 숙여 인사를 한 후 천천히 걸어 좌하에 놓여 있는 의자에 앉았다.

자세를 가지런히 한 그가 입을 연 것은 또다시 방문이 열리며 단황야가 들어와 맞은편에 앉았을 때였다.

"주군, 가셨던 일은 잘되셨는지요?"

"어렵지는 않았어. 용호문은 삼십팔세에 속할 정도로 강한 놈들이라고 들었는데 생각보다는 별로더군."

"어느 정도나 하셨습니까?"

"반쯤 줄여놨어. 망추에 나가 있는 주력부대를 해치웠으니 이제 비슷해졌을 게야."

"잘하셨습니다."

"총사한테 칭찬을 다 받아보는구만. 이거 쑥쓰러운데?"

"마검은 어쩌셨습니까?"

"이미 알면서 물으면 나보고 어쩌란 말이야. 그런 짓 좀 하지 마."

"허허, 그런가요. 대뜸 아는 체하기도 그래서 드린 말씀인데 그리 소신을 탓하시니 죄송스러울 따름입니다."

"내가 도착했을 때는 이미 빠져나간 후였다. 저기 단황야의 말만 믿고 있다가 닭 쫓던 강아지 신세가 되었어."

"주군께서는 거기에 대해서 더 이상 말씀 안 하시기로 하셨잖습니까. 너무하십니다."

"껄껄껄… 그랬나. 미안해. 요새 건망증이 심해져서 말이야."

배석하고 있던 단황야가 억울하다는 음성으로 끼어들자 요문의 입에서 유쾌한 웃음이 흘러나왔다.

그는 단황야의 이런 반응이 재밌는 모양이었다.

수하와의 격의 없는 관계.

존엄과 질서를 내려놓고 농담을 주고받는 요문의 태도에는 억지가 하나도 섞여 있지 않았다.

순수한 마음에서 우러나오는 행동이란 뜻이다.

설운호가 부드럽게 웃으며 요문을 바라봤다.

단황야를 탓하며 변명을 댄 후 요문은 빙그레 웃고 있었는데, 그 웃음이 눈부시도록 빛났기 때문에 옆에 있던 사람의 얼굴에도 자연스럽게 웃음이 피어났다.

믿음으로써 대하는 사람들이 주고받는 웃음은 이렇듯 가식이 없어 그저 보는 것만으로도 즐겁게 된다.

요문이 돌아온 것은 어제 늦은 저녁 무렵이었기 때문에 설운호는 오전 일찍 천각을 찾았다.

일찍이라고 해서 새벽을 말하는 것은 아니다.

식사를 마치고 차까지 다 마실 시각. 해가 중천으로 떠오르기 직전의 여유로움이 가슴에 채워지는 진시 말이 돼서야 설운호는 천각으로 들어왔다.

인사를 오면서도 시각을 맞춘 것이 틀림없었다.

요문과 그의 관계는 그 누구보다 밀접했음에도 설운호는 아주 작은 것까지 요문이 불편하지 않도록 신경 썼다.

그런 그의 행동 하나하나가 쌓이고 쌓여 신뢰를 형성했으니 과례라고 치부하기에는 너무나 현명하고 사려 깊은 처사다.

요문은 찻잔을 입으로 가져가 한 모금 마신 후 천천히 입을 열었다.

그러고는 설운호를 향해 의미 있는 눈빛을 보냈다.

"마검이 맞을까?"

"종합적으로 유추했을 때 거의 그런 것 같습니다."

"수호에서 사라진 후 여기엘 온 거구만. 결국 우리가 있는 곳까지 알아냈다는 뜻이군."

"그자들이 성을 확인했는지는 알 수 없습니다. 천왕봉에 올라와도 성은 보이지 않으니까요."

"그럴 수도 있긴 하지. 그래서?"

"천일조가 포위해서 공격하는 척하다가 놓아줬더군요. 이 공자께서는 아예 출타 중이라 거짓까지 하고 성을 나서지 않 았습니다."

"마검인 줄 미리 안 게로군. 천일조장 서효원의 머리라면 그 정도는 충분히 짐작했을 게야. 홍이가 움직이지 않은 것은 수족이 다치는 걸 원하지 않아서였을 테고."

"그렇사옵니다."

"홍이는 그런 놈이지. 지 식구라고 생각하면 끔찍하게 아 끼는 놈이야. 충분히 그러고도 남았을 게다."

"이공자께서 적극적으로 나섰다면 잡을 수도 있었습니 다."

"아니, 못 잡았을 거야. 마검은 이미 십제의 반열에 오른 자다. 더군다나 그의 동행들도 절대의 경지에 오른 것으로 추 측될 정도로 강한 자들이야. 홍이가 갔다면 나는 아마 동생을 하나 잃었을지도 몰라."

"이공자가 맡은 임무였습니다. 임무는 방치되면 안 되는 것입니다."

"그 사람… 딱딱하긴… 쯧쯧."

요문이 혀를 찬 후 입술을 오므렸다.

그는 뭔가 생각할 때 자주 그런 모습을 보인다.

뭔가를 잠깐 생각하던 그의 입이 다시 열린 것은 설운호의
얼굴에서 미소가 사라질 때였다.

"내성의 호법들을 몇 보내지 그랬나?"

"호법들은 성주님 직하에 계신 분들입니다. 성주님의 허락
없이는 움직이지 않으시는 분들이지요. 더군다나 제가 보고
를 받았을 때는 이미 그들이 산에 오르고 있을 때였습니다.
시간상으로 도저히 맞출 수 없는 상황이었습니다."

"삼공도 있었잖아. 오패도 있었고."

"그분들도 마찬가지 아니겠습니까."

"거 참, 그리고 보면 나는 아직 실권이 없어. 그렇지?"

"그렇게 생각하실 일은 아닙니다. 이십오성 중 반 이상이
주군에게 충성을 맹세하고 대계를 위해 세상에 나가 있잖습
니까. 더군다나 삼공께서는 아니지만 오패께서는 제가 부탁
했으면 내성에서 나오셨을 겁니다. 오패께서는 이미 주군께
심복하고 계십니다."

"그런데 왜 안 했나?"

"성주님의 심기를 어지럽히고 싶지 않았기 때문입니다. 마
검을 잡는 건 언제든지 할 수 있으나 성주님의 신뢰를 잃게

되면 주군께 피해가 올까 두려웠습니다."

"그럴 수도 있겠군. 그럼 마검은 그냥 보낸 건가?'

"그럴 수는 없지요. 오신풍을 보내서 제대로 배웅을 했습니다."

"음……!'

요문의 입에서 억눌린 신음 소리가 흘렀다.

오신풍은 동생인 요홍의 측근들이었고 그들을 보냈다는 것은 책임을 물어 죽음 속으로 몰아넣었다는 뜻이다.

설운호는 영악하게도 수하들의 죽음으로 책임을 피하려는 요홍의 의도를 징계한 것이었다.

그랬기에 그는 슬쩍 붉어진 눈으로 설운호를 바라봤다.

"…그건 너무 과했어."

"대공들께서는 자신의 행동에 책임을 져야 합니다. 대계가 진행되는 지금 다른 마음을 조금이라도 먹게 된다면 천왕성은 내부로부터 무너질 수 있습니다. 아예 화근을 제거하는 것만이 그런 불안을 완벽하게 제거할 수 있다는 것을 주군께서는 유념하셔야 되옵니다."

"너무 숨 막힐 정도로 옥죄기만 하면 터질 수도 있다는 것을 알아야지. 지금까지는 총사의 행동에 대해서 아무 말 안 했지만 이 이상은 안 돼. 총사!'

"예, 주군."

"동생들을 더 이상 괴롭히지 마. 놈들은 권력의 경쟁자 이

전에 내 혈육들이야. 내가 누구보다 믿어야 될 놈들이란 뜻이지 슬퍼하게 만들 대상들이 아니란 말이다. 내 말, 무슨 뜻인 줄 알아들었나?"

"알겠사옵니다."

"그래… 총사, 부탁이니까 이제부터 그렇게 해줘."

"주군의 뜻이 그러하다면 더 이상 독단으로 판단을 내리지 않겠나이다."

"고맙네."

"대계가 완성되지 않은 상태에서 성의 존재가 노출될 위기에 처했습니다. 주군, 대계를 당겨야 할 것 같습니다."

"아직 충분하지 않은 데도?"

"벌써 일 년을 끌었으니 바짝 당기면 우리가 원하는 정도까지 진행할 수 있을 것입니다."

"무리할 필요 없어. 비밀 노출이 문제라면 오패를 보내 마검을 척살하는 건 어떤가?"

"이미 점창도 모두 안다고 봐야 합니다. 더군다나 어디까지 이 이야기가 퍼져 나갔는지 알 수 없으니 서두르는 게 좋을 것 같습니다."

"총사가 그렇게 판단했다면 그렇게 해. 엉뚱한 놈 때문에 천하가 더 많은 피를 흘리겠구나. 안타까운 일이지만 어쩔 수 없는 일이라면 할 수 없지. 그리하도록."

운호 일행은 수녕(遂寧)에서 오신풍을 쓰러뜨린 후 파중(巴中)을 건너 섬서로 들어섰다.

오신풍은 그야말로 별호처럼 바람 같은 사내들이었다.

기연을 얻기 전이었다면 고전했을 만큼 강력한 무력을 지녔고 하나가 죽자 나머지 넷도 초개와 같이 목숨을 던지며 승부를 걸어오는 패기도 보였다.

죽어가던 그들의 눈빛이 지금도 선했다.

처음으로 천왕성이란 이름에 포함되어 있던 자들을 죽였지만 생각과는 달리 마음이 편치 않았다.

암계와 귀계를 만들어낸 천왕성이었고, 오랜 옛날 무림을 핏물 속에 젖도록 만들었던 자들의 후예들이란 선입감 때문에 좋지 않은 감정을 가지고 있었는데 불꽃처럼 사라지던 그들의 마지막을 대하자 천왕성에 대해서 다시 생각하는 계기가 만들어졌다.

마두이며 마귀였고 그것도 아니라면 악인이라 여겼는데 그들도 자신과 똑같은 사람들이었다.

섬서로 들어왔음에도 무인들의 시신은 지천에 깔려 있었다.

산과 들에서 볼 수 있었고 심지어는 개천에까지 무인들의 시신이 보였다.

다행히 겨울이었으니 망정이지 여름이었다면 온갖 역병이 창궐해서 아무 죄 없는 민초들의 삶까지 망가뜨렸을 것이다.

한숨이 저절로 나왔다.

오신풍의 마지막을 보면서 천왕성에 대한 선입감을 지우려고 했으나 섬서에 들어와 지천에 깔린 무인들의 시신을 보자 새삼 적의가 무럭무럭 피어올랐다.

자신들의 영달과 이익을 위해 타인의 삶을 억압하고 조절한다는 것은 사람으로서 해서는 절대 안 될 만행이었다.

이제 하남까지의 거리는 칠천 리.

오 일 동안 흥평(興平)까지 오천 리나 되는 길을 전력을 다해 움직였기 때문에 일행의 몰골은 말이 아니었다.

특히 여자인 소하령은 제대로 먹지 못하고 씻지 못했기 때문에 막상 흥평 시내로 들어오자 지나치는 객잔들을 바라보며 간절한 눈빛을 나타냈다.

그녀는 얼마나 힘들었던지 잠시도 쉬지 않던 입까지 오래 전에 닫아놓은 채 열지 않았다.

"운호 오라버니, 여기서 잠깐 쉬어가면 안 될까요. 너무 힘들어요."

"그러자."

너무나 쉬운 대답에 소하령의 붉어졌던 얼굴이 금방 하얗게 변했다.

쉬자고 말은 했지만 철딱서니 없는 투정이나 다름없다는 것을 너무나 잘 알고 있었기 때문이다.

운호 일행은 사문의 명운을 건 하남행을 하는 중이었기 때문에 말을 꺼내고도 미안한 마음이 먼저 들 정도였는데 그런 상황에서 운호가 쉽게 대답하고 먼저 객잔으로 향하자 소하령은 눈만 껌벅거렸다.

지금까지 가장 서둘러 일행을 이끈 것이 운호였기에 그의 행동이 이해가 되지 않았다.

하지만 객잔으로 들어서자 그의 의중이 뭐였는지 금방 알 수 있었다.

시내에 위치한 객잔은 그리 크지 않았지만 청결했고 사람들로 가득 차 있었는데 그중 반 이상이 무인들이었다.

사천과 섬서를 비롯해서 중경과 운남까지 청당전의 영향권에 있는 곳은 무인들로 넘쳐 나는 중이었다.

수많은 낭인들이 돈을 쫓아 전쟁터로 향했고 거대 세력의 전위에 선 중소 문파들마저 싸움판에 뛰어들었기 때문에 이곳 객잔에서도 무인들을 쉽게 볼 수 있었다.

굳이 들으려 애를 쓰지 않아도 청당전의 상황이 그들의 입을 통해 고스란히 들려왔다.

그들은 대낮임에도 술을 마시며 거리낌 없이 대화를 주고받았는데, 그 대부분이 청당전에 관한 것이었다.

특히 한쪽 건너 탁자에 앉아 이야기를 나누는 세 명의 사내들은 다른 자들과 달리 운호가 듣고자 하는 내용의 깊은 정보들을 여과 없이 흘려내는 중이었다.

"용호문이 그렇게 박살 날 줄 어떻게 알았겠어. 내강(內江)에서 당문의 후미를 압박하던 세력이 한꺼번에 사라졌으니 이제 다시 균형이 팽팽해졌다."

"누가 한 짓이야?"

"그건 알려지지 않았어. 하지만 일방적인 싸움이었던 것은 확실한 것 같아. 직접 본 사람의 말로는 내강에 있던 시신이 모두 용호문 사람뿐이었단다."

"용호문을 그 정도로 만들 정도면… 도대체 믿기지 않는 군. 누군가 당문을 돕는 세력이 있는 거 아냐?"

"그럴지도 모르지. 우리가 모르는 강력한 세력이 당문 쪽으로 가담되었을 수도 있어."

"그것참, 환장하겠네. 그럼 우린 어디로 가야 되는 거냐?"

"청성 쪽에 붙는 건 아무래도 아닌 것 같아. 용호문이 저 지경이 된 걸 보면 청성 쪽이 유리하다는 정보는 잘못된 것이 틀림없다."

"그건 나도 같은 생각이다."

"그럼 너희들은 당문 쪽으로 가자는 거냐?"

"어차피 녹봉도 당문 쪽이 훨씬 높았으니까 그리하는 게 좋을 것 같다. 싸움에 유리하지 않다면 굳이 청성 쪽으로 갈 이유가 없잖아."

대화의 내용으로 봤을 때 돈을 찾아 떠도는 낭인들이 틀림 없었다.

그런 데도 그들은 청당전에 대한 주요 정보들을 꽤 많이 알고 있었는데, 기세가 날카롭고 안광이 형형한 것이 낭인 중에서는 보기 드물게 실력이 뛰어난 자들 같았다.

그들의 입에서는 청당전에 관련된 문파들의 정보들이 끝없이 쏟아져 나왔다.

공동파와 황보세가의 원흉 싸움이 화제에 올랐다가 중소 문파들의 싸움에 이어 청성과 당문의 일각이 붙었던 쌍류(雙流) 싸움도 거론되었다.

쌍류에는 운호 일행도 있었기 때문에 그들의 정보력이 얼마나 신빙성이 있는지 알 수 있었다.

얼굴에 칼자국이 있는 사내가 떠든 쌍류 싸움은 그들이 본 것과 거의 흡사해서 놀랄 정도였으니 다른 정보도 꽤 신빙성이 있다고 봐야 했다.

문제가 생긴 것은 그다음이었다.

대화를 듣고 있는 것은 운호 일행만이 아니었던 모양이었던지 그들의 입에서 쌍류 싸움이 거론되며 마검 일행이 출현했다는 소리가 흘러나오자 그렇게 시끌벅적했던 객점이 순식간에 조용하게 변했다.

현 천하의 풍운아, 마검.

마검이 사천에 출현했다는 사실 하나만으로도 객점은 금방 정적에 휩싸여 버릴 정도의 충격에 사로잡혔다.

들을 건 다 들었고 먹을 것도 다 먹었다.

갈 길이 머니 목적을 달성한 이상 지체할 이유가 없었지만 그들은 소하령이 목욕을 하겠다고 우겼기 때문에 어쩔 수 없이 객잔에서 조금 더 머물 수밖에 없었다.

배를 채우고 몸을 씻으니 생기가 돌아 객잔을 나서는 그들의 몸에서는 광이 났다.

사람들이 없는 곳에서는 그들의 외모가 빛이 나지 않았지만 사람들과 섞였을 때의 그들은 인세를 벗어난 용과 봉이었다.

"경로는?"

"서안(西安)을 거쳐 상주로 넘어가자."

운상의 질문에 운호가 대답을 하며 걸음을 옮겼다.

사천에서 멀어질수록 무인들의 시신이 적어지는 것은 전쟁의 영향권에서 점점 멀어진다는 뜻이고 천왕성의 추적권에서도 벗어났다는 걸 의미한다.

그렇다고 안심할 건 아니었지만 적어도 목숨을 위협받는 일은 생기지 않을 거란 판단이 들었다.

절대고수들의 연합과 대규모 병력의 집단 공격만 아니라면 몸을 빼는 데 어려움이 없기 때문이다.

거지 황만을 만난 것은 홍평에서 벗어나 이틀을 달려 섬서의 성도인 서안에 도착했을 때였다.

전혀 예상치 못했던 조우.

개방의 의빈 분타주 황만은 운호가 칠절문과의 전쟁 당시 풍운대의 행적을 묻기 위해 찾았던 인물이었다.

묘하게 음모의 냄새가 나는 자.

뻔히 아는 내용을 가르쳐 주지 않았고 운호에게 거짓 정보를 흘림으로써 구룡단과의 동강벌전투를 벌이도록 만들어 지옥 근처까지 구경하게 만든 개방의 고수였다.

이마가 넓고 왼쪽 뺨에 난 사마귀는 사 년이 훌쩍 넘었음에도 정확하게 그를 기억하도록 만들어주었다.

분명 죽었다던 자가 버젓이 살아 누군가를 추적하고 있는 모습이 보이자 음모의 냄새가 더욱 짙어졌다.

별호가 무골개라고 했던가.

무골개라면 온몸에 뼈가 하나도 없다는 뜻인데 별호답게 황만은 마치 구렁이처럼 유연한 신법을 펼쳐 사람들 사이를 빠져나가며 누군가를 쫓고 있었다.

"고민 되는군."

"그냥 때려잡는 건 어때?"

"저자, 보통이 아냐. 괜히 그냥 잡았다가는 아무것도 모른 채 놔줘야 될지도 몰라."

"놔주긴 왜 그냥 놔줘. 뼈마디라도 몇 개 부러뜨리면 술술 불 거야. 나한테 맡겨!"

운호의 말에 운상이 주먹 쥔 손을 쓰다듬었다.

맡겨만 주면 즉시 붙잡아서 토설을 하게 만들 수 있다는 자신감이 그의 얼굴에 잔뜩 들어 있었다.

하지만 운호는 고개를 천천히 흔들어 그의 의지를 가로막 았다.

"저놈, 누굴 따라가는 게 아무래도 심상치 않다. 운상, 너는 하령이 데리고 청안사에 가 있어. 금방 따라갈 테니까."

"우릴 빼놓고 뭐 하려고?"

"당초부터 의심스러운 놈이었다. 무슨 꿍꿍이가 있는지만 알아보고 바로 따라갈게. 하령이하고 좋은 시간 보내면서 기다려."

운호가 한 눈을 찡긋하며 손을 흔든 후 황만이 사라진 쪽으로 몸을 날렸다.

청안사는 그들이 가려는 상주 쪽에 위치하고 있었는데 서안과는 불과 백여 리 떨어져 있는 사찰이었다.

목적지의 중간에 위치해서 문제만 생기지 않는다면 운호의 말대로 헤어질 염려가 없는 곳이었기에 운상은 인상을 긁었다.

남고 싶지 않았으나 뻔한 이유로 남기를 강요하고 있으니 어쩔 수 없이 남는 수밖에 없다.

소하령이 있는 한 무슨 일이 있을 때마다 그녀를 지키는 것은 그의 몫이 되어버렸다.

운여는 한숨을 내리쉬고 운호를 따라갔다.

저럴 때는 아무리 말려도 소용없다는 것을 지금까지 살아 오면서 너무나 잘 알고 있었으니 얼른 끝내고 돌아오는 것이 훨씬 현명한 행동이었다.

그랬기에 운여마저 운상에게 먼저 가라는 신호를 보내고 몸을 날렸다.

황만은 적색 도복을 입은 도인의 뒤를 은밀히 따르며 비표를 일정 간격마다 남겼다.

도인은 종남파 이십팔숙의 일인인 효문탁(嚆聞託)으로, 어제 화산의 장로인 추홍자와 은밀하게 서안에서 만난 후 길을 떠나는 중이었다.

개방 서안 지부에 비상이 걸린 것은 벌써 열흘이 넘었다.

소림이 사람을 은밀히 내보내 구룡 쪽으로 향했다는 정보가 입수되면서 개방은 전 문도를 풀어 소림과 구룡의 움직임을 철저히 감시하는 중이었다.

현재 천하를 사등분했을 때 전쟁의 피비린내에서 벗어난 곳은 소림을 비롯해서 구룡의 주력이 머물고 있는 하남과 섬서, 호북, 산동뿐이었다.

이곳은 대부분 구룡과 칠대세가가 머물고 있기 때문에 천왕성의 영향력이 상대적으로 작은 곳이었다.

천하북동을 바라보는 천왕성과 개방의 전략은 두 가지였다. 그 하나는 이들을 전쟁터로 끌어들이는 것이었고, 나머지 하나는 전쟁이 끝날 때까지 완벽하게 격리시키는 것이었다.

개방은 이미 오래전 천왕성과 손을 잡고 천하대계를 꿈꿔

왔다.

그 옛날 개방은 구룡회에 포함되지는 않았지만 무림인들에게 존경과 경외를 받던 시절이 있었다.

천하에서 가장 강한 열 개의 문파 중 하나에 꼽히며 전성기를 구가할 때 개방은 그냥 거지들의 집단이 아니라 무위자연을 꿈꾸는 풍진세상의 기인들로 불렸었다.

그러나 최강 절기인 강룡십팔장이 칠십 년 전 방주인 용무개에 의해 유실되면서 개방은 점차 쇠락의 길을 걸어왔고, 현재에 와서는 문파로서의 존립조차 위협받는 실정에 이르렀다.

그런 개방에게 달콤한 유혹을 던지며 다가온 것이 천왕성이었다.

떡밥이라는 것도 알고, 잘못 받아먹으면 개방 전체가 무림에서 사라질 수 있다는 것도 알았지만 방주인 신풍개는 천왕성의 제의를 서슴없이 받아들였다.

어차피 개방으로서는 탈출구가 없었다.

이대로 목숨을 연명하며 사는 것이 지겨웠고 선조들의 위패를 볼 때마다 부끄러워 고개를 들지 못했다.

유구한 역사를 자랑하는 개방의 영광을 되찾을 수만 있다면 그 가능성이 일 할에 못 미친다 해도 반드시 변화를 꾀해야만 했다.

강호가 피로 잠기고 무림이 도탄에 빠진다는 사실을 충분히 알았으나 양심의 가책을 받지는 않았다.

무인들이 그들을 방파로 인정하지 않고 단순한 거지로 치부하면서 철저하게 무시할 때부터 개방은 무림을 피로 씻어버리고 싶다는 생각을 가져 왔다.

비록 강룡십팔장의 유실로 강력한 무인들을 육성하지 못했지만 아직도 개방은 정보 수집과 분석 면에서는 타의 추종을 불허할 만큼 무서운 능력을 가지고 있었다.

천하삼역(天下三域)전쟁에서 천왕성 예하 세력들이 우세했던 이유는 개방의 우수한 정보력이 적들의 전략을 사전에 입수해서 효율적인 대응 전략을 수립토록 한 것이 원인이었다.

천왕성이 대계를 완성하면 운남과 사천의 남부, 귀주 등 천하의 남서쪽을 불하해 주겠다는 약속을 해준 것도 개방의 그런 능력을 높이 평가했기 때문이었다.

신풍개가 천왕성의 제의를 받아들고 고민한 것은 단 하루에 불과했다고 한다.

그 하루의 고민도 천왕성이 약속을 지키지 않으면 어떻게할 것인가에 대한 것이었지, 대계 참여의 가부 때문이 아니었음을 개방의 주요 인사들은 모두 알고 있었다.

그만큼 무림에 대한 개방의 원한은 뿌리 깊은 것이었다.

황만은 서안을 완벽하게 벗어난 효문탁이 종남산(綜南山) 쪽으로 방향을 잡고 신법을 펼치자 품속에서 꺼낸 전서구의 다리에 급히 쓴 서신을 매단 후 창공으로 날렸다.

서안을 벗어난 이상 이제 자신의 할 일은 여기까지였다.

장안과 수양 등에 산재되어 있는 개방의 제자들이 그의 뒤를 이어 효문탁을 따를 것이고 추적은 그가 종남파로 완전히 돌아간 후에야 끝이 난다.

꼬르륵…

추적을 중단하고 몸을 돌리자 그때서야 점심조차 굶었다는 사실이 절실하게 몸으로 다가왔다.

서안 분타를 맡으면서 먹는 거 하나는 정말 최상으로 먹을 수 있었다.

섬서는 사시사철의 과일들이 널렸고 특히 성도인 서안은 인심이 후해서 거지들에게는 천국이나 다름없는 곳이었다.

걸개들의 보고에 따르면 오늘은 유난히 환갑잔치와 돌잔치가 많은 날이라 지금쯤 거처에는 맛있는 음식들로 넘쳐 날게 분명했다.

본단에서 나온 장로, 명일개가 오늘 서안으로 들어온다고 연락이 왔었으니 돌아가면 거처에서 기다리고 있을지 모르지만 그리 부담되지는 않았다.

명일개는 구 장로 중 막내로서 자신보다 겨우 열 살이 더 많았고 성격도 호방해서 작은 일 가지고는 시비를 걸지 않는 사람이었다.

구룡의 움직임이 심상치 않기 때문에 정보를 총괄하기 위해 본단에서 파견된 명일개는 개방이 보유한 열댓 명의 절정

고수 중 한 명으로, 황만에게만큼은 마치 동생처럼 친근하게 대해주어 마음 편하게 터놓고 말할 수 있는 사이였다.

배고픔 때문인지 더욱 빠르게 신법을 펼쳐 돌아온 황만은 곧장 황포교 밑에 마련된 거처의 문을 열고 들어섰다.

다리 밑에 지어진 움막은 볏짚으로 지붕을 마련했고 나무 기둥을 받쳐 가래를 얼기설기 만들었기 때문에 웬만한 바람에는 꿈쩍도 하지 않을 정도로 튼튼했다.

황만이 들어서자 아랫목에 누워 있던 초로의 거지가 천천히 일어나 자세를 잡았다.

명일개.

어릴 때부터 워낙 뼈마디가 가늘고 몸집이 왜소해서 당장 내일 죽어도 이상하지 않을 만큼 약한 체구를 지녀 명일개라는 별호가 붙었다고 한다.

명일개는 누웠던 몸을 일으켜 세운 후 자신의 앞에 주저앉는 황만을 향해 누런 이를 드러냈다.

그는 오랜만에 만난 황만을 향해 반가운 웃음조차 짓지 않고 곧장 질문부터 해왔는데 얼굴은 잔뜩 굳어 있었다.

"놈은?"

"종남산으로 향했습니다."

"서안에 머문 것은 며칠이었지?"

"이틀이었습니다."

"이틀이라… 하루를 기다려서 추홍자를 만났다?"

"그렇습니다. 추홍자는 그보다 하루 늦게 들어와 만난 후 곧장 화산으로 돌아갔습니다."

"둘의 대화를 들었느냐?"

"그자들의 무력은 거의 초절정에 달해 있습니다. 제 능력으로 접근은 칠 장이 한계였으며 지청술을 펼쳐 간신히 들은 것은 점창이란 단어가 여러 번 반복되어 나왔다는 것뿐이었습니다."

"점창?"

"점창에 대해 이야기 나눈 이유를 다방면으로 분석해 봤으나 결국 밝혀내지 못했습니다. 은밀히 만난 것으로 봤을 때는 분명 뭔가 이유가 있을 텐데 저희들의 머리로는 추론이 불가능했습니다."

"화산과 종남, 그리고 점창……."

황만의 보고에 명일개가 손가락으로 바닥을 두들기며 생각에 잠겼다.

종남과 화산은 같은 섬서에 있지만 점창은 만 리나 떨어져 있는 운남에 있는 문파다.

더군다나 점창은 칠 년 전 구룡에서 떨어져 나가 종남이나 화산과는 연계조차 끊어진 지 오래되었으니 그들의 입에서 점창이란 단어가 계속 나온 것은 이해되지 않는 일이었다.

손가락을 두들기며 생각에 잠겼던 명일개가 다시 입을 연 것은 황만이 고픈 배를 쓰다듬고 있을 때였다.

"우리 예측대로 소림이 움직인 게 구룡회의 소집 때문이라면 점창을 이야기할 수도 있겠구나."

"구룡회와 점창이 무슨 관계가 있습니까. 구룡회가 열려도 점창은 참여하지 못하잖습니까?"

"아니다. 무림에는 잘 알려지지 않았으나 구룡에서 탈락한 문파도 복원을 원할 경우 구룡회에 참여할 수 있다."

"그런 일이……."

"점창의 꿈은 구룡 복원이다. 그러니 구룡회가 열리면 점창은 반드시 참석해서 분란을 만들 게 분명하다."

"그렇다면 구장로님 말씀은 그들이 점창의 복원을 막기 위해 조우했다는 뜻이군요."

"거의 그랬을 것이다. 점창을 구룡에서 몰아낸 주체가 화산이었으니."

"음… 구룡에서 점창을 완전히 빼놓고 생각하다 보니 미처 그런 생각을 하지 못했습니다. 그럼 이번 구룡회의 소집 목적은 점창의 복원 때문이란 말이군요?"

"바보 같은 놈. 지금 이런 시기에 그자들이 한가하게 그런 것 때문에 삼 년이나 남은 구룡회를 긴급히 소집했겠느냐."

"그럼 무엇 때문에……?"

"천하분란 때문일 것이다. 점창의 구룡 복원은 그에 따른 부속물에 불과할 테고. 그자들의 회합 목적은 현 무림의 전쟁을 막아보자는 것이 분명하다. 비록 몇몇 놈들은 점창의 복원을 막는 데 주력하는 것으로 보이지만 말이다."

"그럼 막아야 되지 않겠습니까. 전통의 구룡이 힘을 합치게 된다면 대계에 문제가 생길지도 모릅니다."

"놈들이 어디까지 알고 있는가가 문제다. 천왕성의 존재가 노출되었다면 모를까, 그렇지 않다면 아무리 강력한 힘을 가진 구룡이라도 섣불리 천하에서 벌어지고 있는 싸움을 막을 수 없다. 명분 없는 제동은 참견으로밖에 보이지 않기 때문이다. 삼십팔세는 구룡의 관여를 참견으로 볼 것이 분명하니 구룡회가 소집되더라도 행동하기가 마땅치 않을 것이다."

"만약 놈들이 천왕성의 존재를 알고 대비하는 것이라면 어찌하옵니까. 그것이 사실이라면 그냥 둬서는 안 될 일입니다."

"그건 천왕성의 판단에 맡기면 된다. 우리가 입수한 정보에 따르면 점창의 마검을 잡기 위해 성에서 여러 번 움직인 정황을 포착했었다. 만약 마검이 우리의 추측대로 성의 존재를 알고 있는 것이 확실하다면 천왕성은 구룡의 출행을 중간에서 차단할지도 모른다. 그러기 위해서는 성도 정체를 밝힐 수밖에 없겠지. 대계가 완성되지 않은 상태에서 결행하는 것은 매우 위험이 큰 모험이다. 구룡회에 참석하는 자들은 장문인을 포함해서 각 파의 최강 고수들이니 아무리 대단한 천왕성이라도 성공한다는 보장을 하지 못한다. 그럼에도 우리는 우리가 할 일만 한다. 구룡을 감시하다가 그들이 떠나는 것만 정확하게 전달하면 나머지는 천왕성이 알아서 하겠지."

눈을 빛내며 명일개가 입을 다물었다.

면밀한 분석을 끝내고 입을 다문 그의 눈은 매의 눈처럼 매섭게 빛나고 있었다.

그런 그의 눈이 갑자기 변한 것은 움막의 문이 열리며 두 사람이 들어왔기 때문이었다.

황만이 대화를 마친 후 더 이상 배고픔을 참지 못하고 자리에서 일어나려 할 때였다.

자기 집에 들어오는 것처럼 당당한 걸음으로 여유 있게 문을 열고 들어온 것은 다름 아닌 운호와 운여였다.

운호는 엉거주춤 일어선 채 자신을 바라보는 황만을 향해 웃음을 내보였다.

"오랜만이오. 잘 있었소?"

"마… 마검!"

"어쩐지 냄새가 지독하다고 했어. 처음에는 거지니까 오랫동안 안 씻어서 그런 냄새가 난다고 생각했는데 이제 보니 천왕성의 개가 되어 똥통에 뒹굴면서 나는 냄새였군. 정말 재밌는 일이야!"

황만이 놀란 것은 명일개가 놀란 것에 비하면 아무것도 아니었다.

절대 노출되면 안 되는 비밀이 노출되었으니 이제 개방은 커다란 위기에 직면하게 되었다.

개방 지부의 본거지는 단순한 거지 소굴처럼 보이지만 이중 삼중의 경계망이 쳐져 있고 요즘처럼 일급 경계 태세가 가동된 상황에서는 훨씬 많은 숫자의 방도들이 경계를 선다.

그럼에도 마검이 아무런 방해 없이 들어왔다는 것은 경계를 서고 있는 자들이 모두 비명조차 지르지 못하고 제압당했다는 것을 의미하는 것이었다.

압도적인 무력의 차가 없다면 절대 일어날 수 없는 일이다.

모두 죽였는지는 알 수 없으나 그동안 보여줬던 마검의 행동을 본다면 충분히 그랬을 가능성이 컸다.

마검은 질풍처럼 천하를 종횡하며 수많은 무인들을 도륙한 철혈의 사내였다.

자신이 지부를 방문하면서 경계망이 일급으로 강화되었기 때문에 황포교 주변에는 거의 오십에 달하는 방도들이 흩어져 있었다.

서안 지부 병력의 반 이상이 경계에 가담하고 있었다는 뜻이다.

명일개의 안색은 침중하게 변해 있었는데 입에서 나오는 목소리는 잘게 떨렸다.

"모두 죽였는가?"

"이래서 무림의 소문이 무서운 거라니까. 나를 마치 살인귀처럼 여기니 이러다가는 도적을 포기하고 속세로 내려와야 되겠어. 도대체 왜 내가 그 많은 사람들을 죽였다고 생각하는 거요?"

"…죽이지 않았다는 뜻이냐?"

"그까짓 거지들을 왜 죽이겠소. 멍청한 자들을 모신 것이 죽을죄라면 세상에 고개 들고 살아갈 수 있는 사람이 얼마나 있을까. 그나저나 이제 당신 정체나 들어봅시다?"

"나는 명일개라고 한다."

순순히 자신의 정체를 밝혔다.

숨긴다고 해서 달라질 것은 하나도 없었고 숨길 이유도 없었다.

어차피 오늘 이 자리는 마검에 의해 자신의 목숨이 결정될 테니 당당하게 대하고 싶었다.

무력으로 상대를 하겠다는 뜻은 아니다.

마검은 이미 강호에서 십제의 반열에 올려놓은 절대고수였으니 겨우 절정에 오른 자신에게는 상대조차 할 수 없는 까마득한 존재다.

그가 어깨를 펴고 당당하게 눈을 부릅뜰 수 있었던 건 모든 것을 포기했기 때문이다.

두려움을 가진 자는 용기를 보일 수 없지만 두려움을 버린 자는 누구보다 강렬한 용기를 지닌다.

그의 태도를 보며 운호가 쓴웃음을 흘렸다.

무슨 생각으로 저리 나오는지 알 것 같았기 때문이다.

신념과 체념이 동시에 가슴을 채우면 사람은 저리 변한다.

목숨을 포기하고 마지막을 준비하는 사람들은 귀신이 눈앞에 나타나도 두렵지 않은 법이다.

"당신들 개방은 유구한 전통을 자랑하는 명문이었고 한때는 무림을 영도하는 위치에 있었는데 천왕성의 개가 되었다니 진정 믿기지가 않소. 도대체 그 이유가 뭐요?"

"점창이 그걸 묻다니 오히려 내가 이해되지 않는구나. 점창은 무림에서 하찮은 존재로 전락했었고 심지어 구룡에서 일방적으로 쫓겨났다. 묻겠다. 그때 너희들의 심정은 어떠했느냐?"

"…개방도 그렇다는 말이오?"

"점창은 그나마 다른 무공들이라도 있어 버틸 수 있었겠지만 우리는 아니었다. 강룡십팔장이 없는 개방은 문파의 존속조차 어려울 정도였고 무림은 그런 우리를 문파로 취급조차 하지 않았다. 천왕성의 개라고 했느냐? 크크크… 개가 아니라 돼지라도 좋다. 이 원한만 갚을 수 있다면 개방은 뭐가 되어도 상관이 없으니 말이다."

"가당치 않은 변명이오!"

"변명이 아니라 주장이다. 개방의 전 문도는 죽음을 염두에 둔 싸움을 하고 있다. 그것이 어찌 변명이라 할 수 있단 말이냐!"

운호의 일갈에 명일개의 입에서 피를 토할 것 같은 고함이 터져 나왔다.

버틴다, 당당하게.

그의 눈은 시뻘겋게 충혈되어 있었고 허리는 꼿꼿하게 펴져 당당하게 운호를 향하고 있었다.

신념에 가득 찬 그의 목소리는 예전 칠절문과의 일전을 위해 산에서 내려올 때 사숙이신 청문자께서 풍운대를 향해 터뜨린 일갈과 비슷한 것이었다.

한편으로는 이해가 되었으나 그럼에도 그의 말에 동조할 수 없었다.

단순한 원한 때문에 무림 전체를 피로 물들인다는 것은 절대 해서는 안 되는 행동이다.

"무슨 말인지 알겠소. 하나 그것은 진정 어리석은 짓이오. 무인은 무인의 길을 가야 하오. 남의 힘을 빌려 원한을 갚는다는 건 무인으로 할 짓이 아니란 말이오. 분명 그대들은 결과가 어찌 되든 더 이상 무림에 발을 붙이지 못하게 될 것이오. 어리석은 판단으로 유구한 역사를 자랑하던 개방을 세상에서 지우게 되었으니 어찌 선조들을 볼 수 있을까. 당신들은 죽어서도 결코 자유롭지 못할 것이오."

"우리는 절대 후회하지 않을 것이다."

말을 마친 명일개는 천천히 자리에서 일어나 운호의 앞에 섰다.

그의 손에는 타구봉이 들려 있었는데 얼마나 닦았는지 윤이 번들번들 나고 있었다.

개를 쫓는 데 쓴다고 했던가.

개방의 타구봉법이 유명하다고 들었는데 과연 그가 타구봉을 들고 앞으로 나서자 살기가 뭉텅거리며 새어 나왔다.

청안사의 가을은 너무 아름다워 눈을 뗄 수 없었다.

산을 가득 덮은 홍단은 마치 불붙은 것처럼 붉어져서 눈을 자극했고 푸른 하늘은 홍단과 어울려 더욱 높게 보였다.

"오라버니, 참 예뻐요."

"…응."

"무슨 대답이 그래요. 무슨 고민이라도 있어요?"

"고민 없어. 단지 나는 네가 더 예뻐 대답하지 못했을 뿐이야. 청천보다, 홍단보다 네가 더 예뻐서 어떤 절경도 눈에 들어오지 않았거든."

"정말요?"

"그럼, 정말이지."

운상의 대답에 소하령의 얼굴이 산에 핀 홍단처럼 붉어졌다.

수줍은 미소가 얼굴에 피었고 몸은 저절로 웅크려졌다.

좋아하는 사람의 입에서 예쁘다는 칭찬을 받는다는 건 여자의 입장에서 보면 최고의 찬사기 때문이다.

그랬기에 소하령은 슬쩍 다른 곳을 바라보는 운상을 바라보며 하염없이 아름다운 눈을 만들었다.

처음에는 그저 그랬는데 운상은 시간이 갈수록 천하의 어떤 미남자보다 매력적으로 변해서 마음속으로 들어오고 있었다.

새삼 같이 있었던 시간들이 주마등처럼 떠올랐다.

어려운 순간들의 연속이었으나 언제나 즐거운 시간들이기도 했다.

이제 하남으로 들어서면 그녀는 운호 일행과 헤어져 안휘로 돌아가야 한다.

지금까지 얻어낸 정보들을 아버지에게 말씀드리고 호천십문을 결속하는 중요한 일을 해야 하기 때문이었다.

천하의 명운을 건 한판 승부.

마음은 운상과 함께하기를 원했지만 현실은 다시 멀고 먼 길을 돌아 은하문을 향하도록 만들고 있었다.

아마도 그런 이유 때문에 운호는 그들에게 시간을 준 것인지도 몰랐다.

꿈결 같은 시간들. 운상과 사찰의 주변을 거닐며 서로의 감정을 알아가는 시간들이 그들에겐 더없이 소중했다.

생각의 꼬리가 멈추지 않았다.

헤어져 홀로 안휘로 향할 생각을 하자 감정의 편린들이 그녀를 괴롭히며 상념에 젖게 만들었다.

따뜻한 감촉이 손에서 느껴진 것은 혼자가 될 외로움에 스르륵 눈으로 습기가 올라올 때였다.

손을 빼지는 않았다.

그녀의 손을 잡아온 운상의 손길은 너무나 자연스럽고 따스해서 처음부터 그랬던 것처럼 느껴졌다.

"하령아."

"네."

"내가 너 좋아하는 거 알지?"

"…바보."

"너도… 날 좋아하니?"

"대답 안 할 거예요."

"왜?"

"대답해 주면 오빠가 좋아할 것 같아서요."

그녀의 대답에 운상의 얼굴이 밝아졌다.

지금까지 한 번도 그녀의 마음에 대해서 물어본 적이 없었다.

그동안 친구들과 대부분 행동을 같이했고 같이 다녔음에도 개인적인 감정에 대해서는 노출한 적이 없었기 때문에 질문을 하면서도 하염없이 가슴이 쿵쾅거렸다.

그럴 리는 없겠지만 만약에 그녀가 아니라고 한다면 어쩔까 하는 걱정에 물으면서도 침이 바짝바짝 말랐다.

그녀는 대답을 해주지 않았다.

그러나 직접적인 대답을 한 것은 아니었지만 그 정도로도 충분했다.

아니, 오히려 그런 대답을 해준 것이 훨씬 좋았다.

그녀의 손을 잡았던 오른손을 풀어 그녀의 얼굴로 가져갔다.

파르르 떨리는 그녀의 눈썹이 아름다웠다.

천천히 손을 옮겨 그녀의 코와 귀를 만졌고 곧이어 목덜미로 내려가 그녀를 안았다.

마치 허깨비처럼 그녀는 힘없이 그의 품으로 다가왔다.

기다리고 있었던 걸까?

용기가 생겼다.

이대로라면 그녀와 꿈속에서 했던 것처럼 입맞춤을 할 수 있을 것 같았다.

안긴 몸을 떼어내고 눈을 맞추자 그녀의 눈이 스르륵 감겨졌다.

그녀는⋯ 그녀는 정말 이 순간을 기다리고 있었던 것 같았다.

"뭐하는 짓이야!"

우측 숲길을 뚫고 두 개의 인형이 날아오며 소리를 지른 것은 운상이 고개를 숙여 그녀의 앵두 같은 입술로 천천히 다가갈 때였다.

기겁을 하고 고개를 돌리자 운호와 운여가 짓궂게 웃고 있는 것이 보였다.

이런 기가 막힌 순간에⋯

정말 인생에 도움이 안 되는 놈들이다.

헛기침을 하며 소하령을 급히 뒤로 숨겼으나 그녀의 얼굴은 이미 부끄러움으로 한껏 달아올라 있었다.

운상이 운호를 향해 더듬거리며 말을 꺼낸 것은 그런 그녀의 부끄러움을 조금이나마 해소시켜 주기 위함이었다.

"갔다… 왔냐?"

"그래!"

"왜, 인마!"

"좋은 시간 보내라고 했더니 아주 가관이구만. 조금만 더 늦었으면 큰일 날 뻔했네. 늑대한테 토끼를 맡기고 갔었어. 그렇지, 운여야?"

"흥!"

"어라, 왜 맞장구 안 쳐?"

"너는 되고 친구는 하면 안 된다는 고정관념은 뭐냐. 넌 양심에 찔리지도 않냐?"

"헉!"

운여의 반응에 운호가 헛바람을 들이켰다.

전혀 예상외의 반응에 저절로 입맛이 다셔졌다.

나름대로 같은 편이라고 생각했는데 그것은 오롯이 자신만의 오산이었던 모양이었다.

하긴 가만히 생각해 보니 운여의 반응이 이해되었다.

운상이야 이번 한 번뿐이지만 자신은 당운영, 한설아와 함께하면서 그의 속을 헤집어놓은 게 한두 번이 아니었다.

그랬기에 운호는 즉시 운여의 눈을 피하며 운상을 바라봤다.

난감함을 회피하기 위한 행동이었지만 조급한 마음도 들었다.

황만을 추적하느라 반나절이나 소비했기 때문에 서둘러 길을 떠나야 했다.

"떠나자."

"벌써? 갔다 온 건 이야기해 줘야지!"

"그건……."

운호가 주절거리며 말을 꺼내 황포교에서 있었던 일들을 간단하게 추려서 말해주었다.

최대한 줄여서 말해주고 출발할 생각인 것 같았다.

하지만 그의 이야기를 들은 운상의 눈은 놀람으로 인해 찢어질 듯 커졌다.

듣다 보니 보통 일이 아니었다.

무림에 산재한 조직 중 가장 규모가 크고 인원이 많은 곳이 개방이었다.

그런 개방이 천왕성 편에 서 있다는 것은 커다란 충격이었다.

비록 고수들의 숫자는 적다고 하나 그들이 수집하고 분석하는 정보는 오히려 강력한 문파 서너 개와 맞먹는 위력을 가지기 때문이었다.

듣고 나서 그저 고개를 끄덕인 후 출발할 정도로 가벼운 사안이 아니었다.

"그래서 어쨌는데?"

"어쩌긴 뭘 어째. 그냥 나왔다."

"왜 그냥 나와. 끌고라도 왔어야지. 지금 우리가 어딜 가는지 잊은 거야?"

"데려와도 소용없다고 판단했다. 그 사람들은 숭산으로 데려가도 절대 말하지 않았을 거다."

"그 정도였어?"

"나를 바라보는 그들 눈에는 살려는 생각이 전혀 들어 있지 않았다. 그런 자들을 데려와 봤자 무슨 소용이야."

"하긴… 그런 정도라면 안 되지."

"그러니까 그만하고 가자. 시간 없다."

더 이상 운상은 운호를 추궁하지 않았다.

친구의 입에서 나온 것들이 무얼 의미하는지 너무나 잘 알기 때문이다.

무인으로서 목숨을 걸 정도의 의지를 갖는다는 건 그들의 가슴속에 신념이 들어 있다는 것을 나타내는 것이었다.

신념이 있는 무인은 누구도 꺾지 못하는 법이다.

귀주, 여경(余慶).

천검회와 철혈문이 팽팽하게 맞서고 있는 최전선 여경에 십여 명의 인물들이 나타난 것은 햇살이 찬란하게 빛나던 오시 무렵이었다.

화검제 육철승을 필두로 나타난 인물들은 멀리 바라보이는 평야에 시선을 던진 채 한동안 움직이지 않았다.

천검회의 삼족으로 불리는 패천일도와 파우신검이 자리에 없었으나 총사인 천기수사 화문탁이 화검제의 좌측에 섰고 중안의 수장 주령이 우측에 섰으니 핵심 인물들은 모두 모인 거나 다름이 없다.

화검제의 호위를 맡으며 언제나 그림자처럼 따라다니던 삼화와 오룡은 세 발 떨어진 곳에서 반원 형태를 그린 채 서 있었다.

누구든 허락 없이 접근하면 단숨에 척살할 수 있는 진형이다.

신주십강 중 하나인 천검회의 수뇌부가 총출동하다시피 했기 때문에 삼백의 병력으로 방어선을 구축하고 있던 신기전의 전주 왕일과 두 명의 당주들이 급히 능선으로 올라와 부복했고 곧이어 여경전투를 지원하기 위해 본단에서 파견된 천검칠현이 나타나 깊숙이 허리를 숙였다.

여경의 전투는 일진일퇴의 지루한 공방전이 벌어지고 있었다.

비슷한 전력이 대치한 상태였을 뿐만 아니라 좌우측으로

혈맹을 맺은 문파들이 웅크린 채 기회를 엿보고 있었기 때문이었다.

하지만 그것은 표면으로 나타난 이유일 뿐, 진짜 이유는 성의 대계에 따라 아직 전면전의 명령이 떨어지지 않았기 때문이었다.

폭풍 전야의 고요.

상황이 조금씩 변하며 그동안의 전투가 소규모의 국지전을 넘어 공방전으로 흐르고 있었으나 회주인 화검제가 여경에 직접 모습을 드러낸 것은 전혀 예상치 못했던 일이었다.

전선을 시찰하는 도중에 지나가던 길이라면 그런가 하고 이해하려 했으나 화검제는 호위대인 전룡대를 모두 이끌고 왔다.

전룡대의 숫자는 오십에 불과했으나 일당백의 절정무인들로 구성되어 있었다.

그랬기에 부복해서 극상의 예를 취했던 왕일이 자리에서 일어나며 화검제를 향해 입을 열었다.

예의에 벗어나는 한이 있어도 여경 전선의 책임자로서 의문을 해결할 필요성이 있었다.

"주군, 어쩐 일로 여기까지 왕림하셨나이까?"

"이제 때가 되었다. 성에서 전면전을 시행하라는 전갈이 내려왔다."

"정말… 이옵니까?"

"오늘부로 지루한 소모전은 끝낸다. 최대한 빠른 시간 내에 여경의 방어선을 무너뜨리고 우리는 강구(江口)와 동인(銅仁)을 접수한다."

"그리하면 선봉의 철혈문 주력과 천주(天柱)의 쾌활림이 나서게 됩니다. 현재 상주하고 있는 병력으로는 무리가 따르지 않겠습니까?"

"문화에 적룡단이 대기하고 있다. 병력은 충분해."

문화라면 여경 후방 오십 리에 있는 작은 계곡을 지칭하는 지명이다.

불과 어제 저녁까지 문화에서는 쥐 새끼 한 마리 발견하지 못했는데 삼백에 달하는 적룡단이 들어왔다고 하자 왕일의 얼굴이 시커멓게 죽었다.

적룡단은 회주 직속의 삼대 전투부대 중 하나였다.

전투를 치르는 와중이었기에 이십여 명의 경계 무인을 풀어 매일같이 주변을 샅샅이 살피고 있었음에도 적룡단의 진출을 알아채지 못했으니 문책을 한다 해도 할 말이 없다.

전쟁에서 경계에 실패한 지휘관은 즉참의 죄를 범한 것과 같기 때문이다.

그러나 왕일은 금방 얼굴을 펴고 질문을 계속했다.

그의 얼굴은 이미 흥분으로 붉게 변해 있었다.

"여경만 전진합니까?"

"그럴 리가 있나. 일성과 이성의 병력도 진군한다."

"좋군요."

왕일의 입이 더욱 크게 벌어졌고 얼굴도 더 붉어졌다.

일성과 이성이란 패천일도와 파우신검의 병력을 말하는 것으로, 천검회의 병력이 모두 출동하는 전면전이라면 이번 전쟁을 오래 끌지 않고 여기서 끝장을 보겠다는 뜻이다.

천기수사가 앞으로 나선 것은 그냥 내버려 두면 왕일의 입에서 웃음소리가 흘러나올 것 같아서였다.

"본성에서는 대계의 일정을 앞당기려 하오. 지금까지의 공방전을 끊고 전면전을 계획한 것은 미적거리는 나머지 문파들의 전투를 이끌어내기 위함이오. 우리가 먼저 선공을 펼쳐 전진하면 우리 측에 가담하고 있는 신마맹과 철기맹, 죽련도 동시에 진격을 시작할 것이오."

신마맹과 철기맹, 그리고 죽련은 혈검쟁투에서 천검회 측의 동맹으로 싸우고 있으나 천왕성의 예하 세력은 아니었다.

그들이 참전한 목적은 복잡 미묘한 세력 간의 알력과 이익이 밑바탕에 깔려 있을 뿐 천하통일의 대계와는 아무런 상관이 없는 자들이다.

그동안 그들은 갖가지 이유와 변명으로 전면전을 치르지 않았고 천검회 측에서도 특별한 요청이나 강요를 하지 않았다.

쟁투를 벌인 목적은 시간을 끌어 참전한 세력들의 전력을 최대한 축소시키는 것이었기 때문이었다.

갑자기 전략이 수정되었다는 것은 상황이 변화되었음을 나타내는 것이었고 천왕성의 출전이 임박했다는 것을 의미하는 것이었다.

그랬기에 왕일은 머리를 번쩍 들고 천기수사를 바라보았다.

총사의 설명은 이번 작전이 확실한 전면전이란 뜻이다.

그동안은 소모전을 펼치며 병력을 최대한 아껴왔는데, 이제부터는 주요 지점을 장악해 나가는 쟁탈전과 적의 핵심 세력을 처단하는 파괴전으로 바뀌게 된다는 말이다.

묻고 싶은 것들이 많았지만 왕일은 속으로 삭이며 말을 멈췄다.

더 이상의 질문은 자신의 지위로 봤을 때 알아서는 안 되는 내용들이기 때문이었다.

하지만 추측은 가능하다.

다른 자들의 희생을 원한다면 우리가 먼저 희생을 감수해야 된다는 건 자명한 사실이다.

삼십팔세의 전력을 최대한 깎아내리기 위해서라면 쟁투의 중심인 천검회가 먼저 치고 나갈 필요성이 있었다.

종심 진격전.

강구와 동인까지의 거리는 직선로로 오백 리에 불과했지만 그곳까지 도착하는 데 얼마나 많은 시간이 걸릴지 알 수 없다.

경로에 배치되어 있는 적들의 전력이 만만치 않았고 전투의 결과에 따라 주변 세력들이 계속해서 참전할 게 뻔하기 때문이다.

더군다나 본래의 목적대로 쟁투에서 피아를 구분하지 않고 최대한 많은 사상자를 내기 위해서는 시간을 끌 만큼 끌어야 된다는 결론도 같이 나온다.

그것의 의미는 단 하나.

자신의 앞길은 수많은 무인들의 피가 산하에 흐르는 혈로(血路)가 될 수밖에 없다는 것이다.

질문을 끝내고 뒤로 물러나는 그의 얼굴에서 결국 참지 못하고 슬쩍 웃음이 피어올랐다.

그동안 소모전을 펼치면서 겪어야 했던 지루함과 단조로움을 끝내고 그토록 원했던 치열하고도 강렬한 싸움이 시작된다 생각하자 온몸에서 뜨거운 피가 돌았다.

위험할 것이다. 목숨을 잃을지도 모르고 사랑하던 수하들도 무수히 죽어나갈 것이다.

이런 작전에서는 언제나 희생이 따르는 법이니까.

그러나 어떤 두려움과 연민도 느껴지지 않았다.

사내로 태어나 천하를 보겠다는 야망을 지녔으니 무엇이 두렵고 무엇이 불쌍하겠는가.

당운영은 숙원에서 한동안 꼼짝하지 않았다.

처음에는 상실감으로 끊임없는 절망에 시달렸다.

그토록 기다리던 그가 다른 여인을 찾아왔다는 생각을 하자 죽음과도 같은 고통에 몸부림을 쳐야 했다.

그러나 시간이 흐르고 자신을 바라보는 운호의 눈이 무섭게 흔들렸다는 게 기억나면서 새로운 희망에 젖어갔다.

그는 그 옛날 가슴속에 사랑이 가득했을 때와 똑같은 눈으로 자신을 바라봤다.

말을 하지 않아도 알 수 있는 건 그녀 역시 그런 눈으로 그를 바라봤기 때문이다.

무엇보다도 그녀에게 희망을 준 건 마지막 떠나면서 던졌던 질문에 그가 대답하지 않았다는 것이었다.

혼자 중얼거리듯 물었으나 충분히 들을 수 있을 정도의 크기였다.

그는 전설을 만들어 나갈 정도로 대단한 무인이었으니 분명히 자신의 목소리를 들었을 것이다.

그런 데도 아무런 대답을 하지 않고 고통스러운 눈을 한 채 그녀를 떠나보냈다.

스스로 사랑하는 여인을 찾아왔다고 당가의 무인들에게 공언한 것은 싸움을 말리려는 의도일 수도 있었다.

참전의 명분을 위해서는 명확한 이유가 있어야 하고 점창의 행사가 아니라 마검 단독의 행사로 몰아가기에는 그것만큼 좋은 이유가 없다는 판단이 들었다.

자리에서 일어나 몸을 씻은 후 곱게 단장을 했다.

죽을 자리를 찾기 위해 미친 듯 싸워왔고, 어느 이름 모를 산하에서 아무도 모르게 죽어가기를 소망할 만큼 괴로운 나날들을 보내왔다.

죽기를 각오한 사랑이 가슴에 있는데 무엇을 망설이겠는가.

떠난다. 그리고 그를 찾아 말하련다.

그간의 사정을 이야기한 후 아직도 나는 당신을 사랑한다고 고백할 생각이다.

아니기를 간절히 소망하지만 만약 그가 스스로 말한 것처럼 한설아를 사랑하기 때문에 자신을 받아들일 수 없다고 한다면 더 이상 목숨에 연연하지 않을 것이다.

힘든 세상, 힘든 청춘, 힘든 삶.

더 이상 살아갈 이유도 없고 살기도 싫다.

"어디로?"

"갑작스런 출행이었습니다. 현재 서북쪽으로 움직이고 있습니다."

"그 계집이 안달이 난 모양이구나."

"마검을 찾아 나선 것이 분명합니다. 뒤를 추적하면 마검의 위치를 알 수 있을 것입니다."

"크크크… 마검이라……."

풍검문의 장자인 석천의 입에서 징그러운 웃음이 흘러나왔다.

그는 당운영이 오전에 급히 당가로 떠났다는 원표의 보고를 듣자 무심했던 눈이 뱀처럼 차갑게 변했다.

혼인은 했지만 당운영은 전혀 그의 가슴에 들어 있지 않은 사람이었다.

어릴 때 불의의 사고로 낭심을 다친 후부터 여자들에 대해서 이유 없는 적대감을 갖기 시작했다.

당운영과 혼인한 것은 성의 대계를 위해 어쩔 수 없이 한 선택이었을 뿐 자신의 의지와는 전혀 상관없는 것이었다.

더군다나 당운영은 다른 놈을 사랑하고 있었다.

불결한 계집.

혼인한 후에도 그놈만을 생각하며 백 일을 하루처럼 지내왔으니 미친년처럼 집을 나설 수밖에 없었겠지.

시간이 지나면서 당운영에 대한 감정은 적대감을 넘어선 증오로 변해갔다.

할 수만 있다면 당장에라도 쳐 죽이고 싶다는 마음을 수도 없이 가졌었으나 대계를 위해 참고 또 참고 있는 중이었는데 기어코 그놈을 찾아 떠났다는 소리를 듣자 분노가 치밀어 올랐다.

원표는 풍검문에서 데려온 친위 부대 풍검십팔수의 수장으로 석천의 오른팔과 같은 인물이었다.

청당전에 참전한 풍검문의 전력은 풍검십팔수와 칠대 전투부대 중 하나인 비마당이 전부였고 인원도 백오십에 불과했다.

그럼에도 석천은 언제나 전략 회의에 참여해서 상당한 발언권을 행사하고 있었다.

당가 쪽에 가담한 문파들이 그런 석천의 행동을 제동 걸지 않은 이유는 신주십강 중의 하나인 풍검문의 위세 때문이었다.

지금은 소수가 참전하고 있으나 전세가 불리해지면 언제라도 풍검문은 당문을 위해 막강한 부대들을 참전시킬 것이 분명했다.

석천은 탁자에 펼쳐져 있던 지도에서 시선을 거둔 후 엄지손가락으로 탁자의 모서리를 두들겼다.

뭔가 생각에 잠긴 모습이었으나 그 행동은 곧 중지되었고 숙여졌던 시선도 원표를 향해 올라왔다.

원표의 말대로 당운영은 마검을 찾아 나선 게 분명했다.

마검은 당운영을 쌍류에서 만나고 나서 즉시 길을 떠나 천리나 떨어진 천왕성에 모습을 드러낸 후 이틀 만에 수녕에 나타나 오신풍을 해치웠다.

그 뒤로 마검 일행의 종적은 귀신같이 사라져 더 이상 노출되지 않았다.

천왕성의 눈인 천혼의 시야까지 완벽하게 가리고 사라진 마검을 당운영이 찾는다는 건 사전에 미리 약속이 되어 있지 않은 이상 불가능한 일이었다.

물론 가능성은 반반이다.

쌍류에서 마검을 만난 그녀가 다시 만날 약속을 정해놨을 가능성도 적지 않았다.

그랬기에 석천은 자신을 향해 어쩌면 좋겠냐는 시선을 던지고 있는 원표를 바라보며 천천히 입을 열었다.

"누가 따라가고 있지?"

"미령삼수가 따르고 있습니다."

"음… 그들 가지고는 안 돼. 천혼에 연락하도록."

"천혼에요?"

"성에서는 마검을 잡기 위해 전력을 기울이고 있는 중이다. 대계가 앞당겨지는 것도 그자 때문이라고 하니 총사는 마검의 위치만 확보되면 그냥 두지 않을 게야."

"그자를 잡기 위해서는 성에서도 상당한 전력을 내보내야 될 것입니다."

"성에서는 오패께서 그자를 잡기 위해 나설 거라 한다. 마검이 아무리 강하다 해도 오패께서 나선다면 위치가 노출되는 순간 죽은 목숨이나 다름이 없다."

"알겠습니다. 그리 조치하겠나이다."

"본가 병력 도착 예정일이 내일이라고 했지?"

"전서에 따르면 오시 무렵이면 축원에 도착한다고 하옵니다."

"좋군. 대도문은?"

"이미 준비를 마치고 대기 중입니다. 본가 병력이 도착하는 대로 아미파의 후미를 공격할 것입니다. 우리가 아미파를 덮치면 이제 미적대던 당가도 어쩔 수 없이 청성을 공격할 수밖에 없습니다."

"피가 끓는구나. 드디어 대계의 깃발이 올랐으니 이제 천하는 광풍에 휩싸이게 될 것이다. 참으로 오랜 세월을 기다려 왔다."

6장

소림입성

청안사를 떠나 삼 일이 지나서야 소림이 버티고 있는 하남
으로 들어왔다.

현재 벌어지고 있는 전쟁의 상흔에서 예외 된 몇 안 되는
지역답게 하남은 평온함 속에 잠겨 있었다.

그러나 그 평온함과 평안함은 폭풍 전야의 고요처럼 불안
하기만 했다.

오는 내내 들려온 소문은 전쟁의 양상이 급변했다는 것을
알려주고 있었다.

그동안의 공방전은 완벽한 전면전으로 바뀌어 수많은 무
인들의 죽음을 양산했으며 천하는 피가 강이 되어 흐르기 시

작했다.

어느 한곳이 아니라 천하북동을 제외한 전 지역에서 동시 다발적으로 벌어진 일이었다.

그랬기에 소하령은 불안함을 감추지 못했다.

들려온 소문에 따르면 안휘전은 팔황문, 무풍사의 연합에 신주십강 중의 하나인 풍검문이 참여하면서 치열한 접전으로 변하고 있다는 것이었다.

벌써 여덟 개의 문파가 가담하고 있었으니 얼마나 더 많은 문파가 가세하게 될지 알 수가 없다.

삼십팔세 중 여덟 문파가 안휘전에 가담했다는 것은 실질적으로 안휘 전체가 전쟁의 소용돌이에 휘말린 것이나 다름이 없다.

지역의 패주가 전쟁에 참여했기에 패주와 연관을 맺고 있는 수많은 문파들도 자연스럽게 가담될 수밖에 없다.

단순히 무림 강자들의 숫자만 따져도 수천에 달할 텐데 중소 문파까지 가담하게 되면 그 숫자는 기하급수적으로 늘어나게 된다.

전쟁의 양상이 극으로 치달아 간다는 게 알려진 것은 서협(西峽)을 넘어 남소(南召)에 도착했을 때였다.

오랜 시간 밀리던 접전을 펼치며 국지전을 계속해 오다가 공방전으로 변한 게 두 달도 지나지 않았는데, 싸움은 급격하게 전면전으로 치닫더니 마치 끝장을 보기라도 하듯 한 치의 물러섬도 보이지 않으며 진행이 되었다.

이런 양상으로 싸움이 계속 진행된다면 천하는 얼마 못 가서 무인들의 주검으로 시뻘겋게 도배 될 것이 분명했다.

"오라버니, 저는 여기서 헤어져야 될 것 같아요."

계속 망설이면서도 따라왔던 소하령이 더 이상 견디지 못하고 걸음을 멈추었다.

여기서 운호 일행과 더 동행하면 할수록 안휘와는 점점 멀어지게 된다.

그걸 알면서도 운상은 아무 말 하지 않았고 그렇게 말 많던 소하령도 침묵을 지키며 따라왔었다.

올 게 왔으니 운호와 운여는 소하령에게 고개를 끄덕여 준 후 잠시 자리를 피해줬다.

그녀와의 이별은 운상이 모두 끝낸 후 나중에 해도 되기 때문이다.

두 사람이 멀찍이 떨어지자 운상이 안타까움이 가득 들어 있는 얼굴로 소하령을 향해 천천히 다가왔다.

그런 후 손을 들어 그녀의 얼굴을 감쌌다.

"잘 갈 수 있겠어?"

"나, 어린애 아니에요."

"내 눈에는 유리그릇처럼 보여. 잘못하면 금방 부서져 버릴 것 같은."

"…오라버니가 나를 너무 많이 좋아해서 그래요……."

대답하면서 그녀는 얼굴을 감싼 운상의 손에 뺨을 비볐다.

운상의 손은 열기로 인해 따뜻하고 부드러워 그녀의 차가워진 얼굴을 녹여주기에 충분했다.

"하령아, 집에 돌아가더라도 싸우는 곳에는 가지 마. 알았지?"

"가문이 전쟁을 하고 있는데 어떻게 그럴 수 있겠어요."

"그래도 안 돼. 내가 지켜줄 수 없잖아."

"걱정하지 마요. 안 다치게 요리조리 잘 피해 다닐게요."

"…그래."

"뭐 해요. 사랑하는 여자가 떠난다는 데 남자가 진하게 작별 인사해 줘야 되는 거 아니에요?"

"어떻게……?"

의외의 질문에 반문을 하던 운상이 말을 멈췄다.

운호와 운여가 자리를 피해줬다고는 하나 이쪽이 훤히 보이는 곳에 서 있었다.

그런 데도 소하령은 과감하게 눈을 감은 채 입술을 쏘옥 내민 채 기다렸다.

여인으로서는 절대 할 수 없는 일을 소하령은 주먹을 꼭 쥔 채 파르르 떨리는 눈을 숨기지도 못하면서 해내고 있었다.

잠시 망설였지만 지체 없이 다가갔다.

그녀의 말이 맞았다.

이제 떠나면 언제 다시 만날 수 있을지 기약조차 하지 못하는 이별이다.

부끄러울 것도 없고 타인의 시선을 의식할 만큼 여유도 없다.

그랬기에 운상은 그녀의 입술을 향해 과감하게 고개를 숙였다.

깊고 깊은 입맞춤.

달콤하면서도 부드러운 입맞춤이었으나 그녀의 눈에서 흘러나온 눈물이 그러한 감촉을 느끼지 못하게 만들었다.

그녀가 울고 있었다.

그녀는 첫 입맞춤의 설렘보다 이별에 대한 슬픔이 훨씬 컸던 모양이었다.

소하령은 마치 거짓말처럼 사라져 버렸다.

서로 간의 잘 가라는 인사를 하고 나자 불과 일각도 되지 않아 모습이 보이지 않았다.

그녀의 모습이 보이지 않자 한동안 멍하니 있던 운상은 미친놈처럼 소하령이 사라진 쪽을 향해 몸을 날렸다. 짧았던 이별이 너무 아쉬워 그냥 보낼 수 없었던 모양이었다.

운상이 돌아온 것은 그로부터 한 시진이 훌쩍 지난 후였다.

돌아온 후부터 운상은 한동안 말을 하지 않았기 때문에 일행들 사이엔 어색한 침묵이 흐를 수밖에 없었다.

하지만 침묵은 그리 오래가지 않았다.

친구들끼리 길을 가며 오랫동안 말을 하지 않으면 입에 가시가 돋기 때문이다.

운여가 먼저 나서서 운상을 향해 시비를 걸었고 둘이 투닥거리다가 한 놈이 삐져서 앞으로 도망갔다.

앞으로 도망간 놈은 운여였고 뒤에 남은 놈은 운상이었다.

곧이어 운호가 운상에게 다가가 말을 붙였다.

"아프냐?"

"아프다."

"원래 이별은 그런 거야. 사랑하는 사람을 떠나보낸다는 건 쉬운 일이 아니지."

"그래⋯⋯."

운호가 아는 척을 했어도 운상은 그저 고개만 끄덕인 후 앞을 쳐다봤다.

다른 때 같았으면 수긍하지 않고 반박을 했을 텐데 이별이 아프긴 아팠던 모양이었다.

하지만 언제까지 사랑 놀음만 하고 있을 수는 없었다.

이제 소림까지는 삼 일 거리로 들어왔고 점창의 염원이 눈앞에 있으니 걸음을 서둘러야 했다.

장문인을 포함한 본진이 어제 저녁 무강(舞鋼)을 넘었다는 소식을 전해왔다.

무강이라면 자신들과 비슷하거나 반나절 늦은 거리에 있다는 뜻이다.

운호 일행은 소림이 있는 숭산과 지척에 있는 등봉(登封)에서 본진을 만나기로 약속되어 있었기 때문에 서둘 필요성이 있었다.

먼저 가서 기다려야 한다.

멀고 먼 길을 오신 장문인과 사숙들을 정중하게 마중해야 하는 것은 제자로서 반드시 지켜야 하는 커다란 예의였다.

점창에서 중원을 종단하며 하남까지 올라온 청현자 일행은 등봉을 하루 거리 남긴 여양(汝陽)에서 잠시 걸음을 멈추었다.

거의 이십 일 동안 여행을 했기 때문에 그들의 상태는 그리 좋아 보이지 않았다.

오랜만의 외유에서 오는 낯설음은 둘째치고 워낙 급하게 길을 서두르다 보니 모든 것에 여유를 두지 못했다.

오는 길에 천하의 정세가 급격하게 바뀌는 것을 직접 눈으로 확인까지 했다.

귀주는 거의 폐허 상태였고 호남도 나을 게 없었다.

상황이 바뀐 배경에는 운호가 있었음이 분명했다.

전서를 통해 운호가 천왕성의 근거지를 알아낸 이후부터 천하의 정세는 급변하고 있었다.

그것은 근거지가 발각된 암계의 주인들이 급하게 움직이기 시작했다는 것을 의미하는 것이었다.

천하가 불쌍하다.

운호로 인해 모든 비밀을 알고 있는 점창은 혼돈 속으로 빠져들지 않았으나 구룡의 일각과 칠대세가의 일부를 제외한 천하의 나머지 세력들은 영문도 모른 채 시퍼렇게 갈린 검을 휘두르며 상대의 목숨을 끊기 위해 발버둥을 치고 있었다.

막아야 했다.

어떡하든 소림을 위시한 구룡이 나서서 적들의 야욕을 분쇄해야만 천하를 구할 수 있다.

정세가 급변하는 것을 보면서 적들의 공격에 대비했다.

정체가 노출되었다면 천왕성이 구룡이 소림으로 모이는 것을 간과하지 않을 거라 판단했기 때문이었다.

실질적으로 천왕성을 알아낸 운호 일행이 사천을 벗어나기 전에 이미 암습을 받았다는 보고를 받았다.

긴장의 끈을 놓치지 않고 전력으로 움직인 이유는 구룡회의 소집일에 늦지 않기 위함도 있었지만 적들의 추적을 뿌리치려는 것도 큰 이유였다.

그러나 끝내 천왕성은 그들이 하남으로 들어올 때까지 아무런 움직임을 보이지 않았다.

"아무래도 공격하지 않을 모양입니다."

"허허… 그렇게 말입니다. 다른 꿍꿍이가 있는 것 같습니다."

"그것이 뭔지 궁금하군요. 사형께서는 어찌 생각하시는

지요?"

청무자가 너털웃음과 함께 가벼운 음성으로 대답하자 청현자가 한결 밝아진 얼굴로 질문을 던졌다.

하남까지 들어온 이상 적들의 기습은 없다고 단언해도 이상할 것이 하나도 없었다.

하남은 구룡의 심장이기 때문에 싸움이 벌어지면 천왕성은 목숨을 걸지 않는 이상 후퇴가 불가능에 가깝기 때문이다.

긴장이 풀리면 얼굴의 표정도 편안해지는 법이다.

"장문인께서는 참으로 어려운 질문을 하시는구려. 하지만 한 가지는 알 것 같소."

"그게 무엇입니까?"

"집중이오. 그자들의 전략은 각개격파와 이이제이(以夷制夷)였소. 그런 그들이 본진을 움직여 구룡을 친다면 본연의 전략인 집중이 흩어지게 되오. 아마 그들은 그런 결과를 원하지 않을 것이오."

"그럴 수도 있겠습니다."

"저도 사형의 생각과 같습니다. 그들은 삼십팔세의 세력을 약화시킬 대로 약화시킨 후 나타날 것입니다. 괜히 먼저 나서게 되면 천하가 하나로 뭉치게 된다는 걸 잘 알고 있을 테니 절대 먼저 나서지 않을 것입니다."

청무자에 이어 청문자까지 비슷한 의견을 제시하자 청현자의 밝아졌던 얼굴이 순식간에 그늘졌다.

오히려 공격을 당하는 것보다 훨씬 더 무서운 일이기 때문이다.

몰라서 한 질문이 아니었다.

자신 역시 예상했던 것들이었으나 사형들의 의견을 물은 것은 의견의 교환을 통해서 자신이 미처 생각지 못했던 것들을 알고자 함이었다.

전력을 집중시킨다는 것은 일거에 천하를 공격할 수 있다는 것을 의미하는 것이라고 봐야 했다.

현재 천하를 공략하는 예하 세력들의 전력도 만만치 않은데 본진의 힘은 또 얼마나 대단할지 예상조차 되지 않는다.

선조들로부터 들은 바로는 과거 백이십 년 전 천왕성이 침공했을 때 중원의 외곽 세력들은 그들의 막강한 힘에 의해 추풍낙엽처럼 쓰러져 갔다고 들었다.

그 당시 천왕성의 공격 병력이 삼천을 넘었다고 하니 천하에서 가장 강력했던 점창이 가로막지 않았다면 중원은 피로 붉게 물들었을 것이다.

"시간이 별로 없습니다. 상황이 급변한 것은 그들이 원하는 때를 앞당기기 위함입니다. 이대로라면 보름을 넘기지 못할 테니 큰일이 아닐 수 없습니다."

"아직 정확한 정보를 입수하지 못했기 때문에 대응하지 못한 것뿐입니다. 구룡회가 개최되어 천하가 하나로 뭉친다면 그자들의 야욕을 충분히 꺾을 수 있을 테니 장문인께서는 너무 심려치 마세요."

운호 일행이 등봉에 도착한 것은 오시가 채 되지 않았을 때
였다.

그들은 늦지 않기 위해 밤을 낮 삼아 달려와 온몸이 먼지로
가득 덮여 있었다.

본진은 등봉에 도착하려면 두 시진은 더 걸릴 거란 전갈을
받았기 때문에 객잔에 들러 몸을 깨끗이 씻었다.

사문의 어른들을 뵙는 마당에 거지꼴을 하고 있을 수는 없
기 때문이다.

점창을 떠난 지 벌써 일 년하고도 사 개월이 훌쩍 지났다.

풍운대의 운곡과 운검 사형은 무호계에서 봤지만 나머지
사람들은 정말 오랜만에 만나는 것이었다.

등봉은 소림의 속가들이 자리를 튼 곳으로, 하남의 성도인
정주와 불과 삼백 리 길이었고 물산이 풍부해서 사람들의 삶
이 풍요로운 곳이었다.

민초들이 편하게 살기 위해서는 두 가지로 충분하다.

하나는 외압에 시달리지 않는 것이고, 또 다른 하나는 먹을
것이 풍족해서 가족들을 건사하는 데 어려움이 없는 것이다.

도시로 들어오는 초입까지 본진을 마중 나간 운호 일행은
어느새 점창의 상징인 흑색 전도복으로 갈아입고 있었는데,
위풍당당했다.

장문인을 비롯해서 그토록 보고 싶었던 청문자가 일행을 이끌고 나타난 것은 그로부터 이각이 흘렀을 때였다.

"장문인을 뵈옵니다!"

깨끗하고 단정한 옷이 더러워짐에도 운호를 비롯해서 운상과 운여는 땅바닥에 쓰러지듯 엎드렸다.

오랜만에 뵙는 존장에게 그들은 투체를 통해 최상의 예를 표했다.

청현자가 말에서 뛰어내려 제자들을 향해 다가온 것은 그들이 입고 있는 흑색 전도복이 먼지에 날려 뿌옇게 더러워질 때였다.

"일어서라."

손수 한 명씩 몸을 일으켜 세운 청현자가 기꺼운 얼굴로 눈앞에 선 제자들을 하나씩 살폈다.

무림의 전설이 되어 천하를 질주한 점창의 신성들.

천하인들은 눈앞의 제자들을 점창삼신룡이라 부르며 절대고수의 반열에 올려놓았다고 한다.

사문을 빛낸 제자들의 얼굴을 보자 새삼 감격스러워 자신도 모르게 노안이 흔들렸다.

진정 자랑스럽고 대견한 제자들이다.

"오랜만이구나. 그동안 잘 있었느냐?"

"예, 장문인."

청현자가 슬쩍 물러서 주자 운호 일행은 청문자와 청무자를 알현했고 운풍과 운학, 운곡과 운검을 향해 차례대로 인사를 마쳤다.

운호 일행을 바라보는 사숙들과 사형들의 눈에는 반가움과 기쁨이 동시에 들어 있었는데, 청현자와 마찬가지로 그들의 행적을 치하하는 걸 잊지 않았다.

본진이 도착하기 전에 미리 객잔을 예약했고 음식을 준비해 달라는 부탁을 해놓은 상태였기 때문에 운호 일행은 걸음을 먼저 옮겨 등봉으로 본진을 안내했다.

구룡회가 열리는 날은 이틀 후였기 때문에 점창뿐만 아니라 소림을 제외한 구룡은 이곳 등봉이나 숭산 반대쪽에 있는 언사(偃師), 신밀(新密)에서 머물러야 한다.

회합 당일 날 모이기로 한 것은 당초 구룡회를 조직하면서 선조들이 만들어놓은 규칙이었다.

개최하는 문파의 부담을 최소화하고 문파 간의 알력이나 다툼을 사전에 막고자 하는 복안이 있었기 때문이었다.

본진도 때를 놓쳤기 때문에 점창 사람들은 늦은 점심을 먹어야 했는데, 사람들이 거의 없었음에도 청현자를 비롯한 사문의 어른들은 운호 일행에게 중요한 질문을 하지 않고 그저 가벼운 이야기만 하며 식사를 했다.

중요한 보고는 식사를 마치고 객방으로 들어갔을 때 이루어졌다.

운상이 복도를 틀어막았고 운여가 어느새 지붕으로 올라가 접근하는 자들을 감시했기 때문에 방에 남아 보고를 한 것은 운호였다.

거의 한 시진에 달하는 보고.

그동안 수시로 전서를 보내서 보고를 했었지만 직접 듣는 것과는 많은 차이가 있었기 때문에 사문의 어른들은 중요한 이야기들이 나올 때마다 낮은 신음 소리를 흘렸다.

청현자의 입이 열린 것은 보고의 마지막에 나온 천왕산 이야기가 끝나고 나서였다.

"네가 봤을 때 천왕산에 있던 전각의 숫자는 얼마나 되더냐?"

"셀 수 없을 정도라서 정확히 말씀드리기는 곤란하오나 천왕산의 후면 분지가 모두 그들의 전각으로 덮여 있었으니 대단한 숫자인 것만큼은 사실이옵니다."

"허어!"

운호의 대답에 청현자가 탄식을 터뜨리며 입을 닫았다.

정상에 올라서 내려다보고도 셀 수가 없을 정도란 표현을 썼다는 것은 몇 백 채 단위가 아니란 뜻이기 때문이었다.

청문자가 다른 질문을 해온 것도 그러한 맥락과 괘를 같이하는 것이었다.

"정상에서 너희들이 공격받았을 때 올라온 숫자는 얼마였느냐?"

"족히 백은 넘어 보였습니다."

"적극적인 공격을 하지 않았다고 했는데 왜 그런 것 같았느냐?"

"그것은 제자도 모르옵니다."

"경계 병력이 백이라… 단순히 정상을 지키는 경계 병력인지, 아니면 너희들의 행적을 미리 알고 덮친 병력인지 알 수 없으니 참으로 상황이 모호하구나."

"아마 미리 알았을 것이옵니다. 다만 저희가 너무 빨리 움직였기 때문에 제대로 된 경계는 이루어지지 못한 것으로 사료됩니다."

"그렇다 치고, 천검회가 천왕성의 예하 세력이라고 했는데 그들의 전력이 칠절문과 비교했을 때 어떠했느냐?"

"제자가 직접 부딪친 무인들만 해도 칠절문보다 훨씬 강한 자들이었습니다. 천검회에는 세 명의 절대고수가 있을 뿐만 아니라 부지기수의 고수들이 포진하고 있으니 칠절문은 비교조차 되지 않을 정도입니다."

"너는 혈검쟁투에 포함되어 있는 천문과 수라맹, 그리고 안휘전에 가담한 팔황문과 무풍사가 천왕성의 예하 세력이라고 추측했다. 혹시 그 외에 의심 가는 다른 세력이 있었느냐?"

"이것은 추측이옵니다만 당문을 부추긴 풍검문과 청당전

이 벌어지자마자 기다렸다는 듯 가담한 대도문도 의심스럽사옵니다."

"개방이 그들 편에 섰다면 혹시 당문도 그리되었을 가능성이 있다. 거기에 대한 네 생각은 어떠하냐?"

"그것까지는 생각해 보지 않았습니다. 다만 개방은 천왕성에 붙어야 할 명확한 이유가 있었으나 당문은 그럴 이유가 없다는 차이가 있사옵니다. 유구한 전통을 자랑하는 당문이 아무런 이유도 없이 천왕성의 주구가 되지는 않았을 거라 판단됩니다."

"음……."

질문을 했던 청문자가 운호의 대답을 듣고 생각에 빠졌다.

누가 아군이고 누가 적인지 알 수 없는 상황.

적을 제대로 알지 못한다면 막상 싸움이 벌어졌을 때 치명적인 위기에 직면할 수도 있었다.

그랬기에 청문자는 잠시 생각에 잠겼다가 천천히 입을 열었다.

"너의 말이 맞다. 그리 의심의 폭을 넓혀가면 구룡은 물론이고 나머지 칠대세가도 마찬가지가 되겠구나. 하면 혹여 너는 적들의 예하 세력을 구분할 수 있는 방법을 생각해 보았느냐?"

"제자의 생각에는 구룡이 천하에 포고령을 내려 천왕성의 음모를 노출시켰을 때 스스로 싸움을 그치고 물러서는 자들은 아군이라 생각해도 될 것 같습니다."

"전쟁의 와중에 어찌 그리할 수 있겠느냐?"

"자신들의 의지와 이익을 위해 하는 전쟁은 치열할 수밖에 없으나 누군가의 음모에 말려들어 하게 된 전쟁은 목숨을 걸고 싸울 이유가 없기 때문에 어떤 상황에서도 후퇴를 결정하게 될 것입니다. 공격을 받는 와중에도 그 사실은 변함이 없을 테니 후퇴하는 자들은 적들이 아닐 것입니다."

"이해는 된다. 하지만 포고령이 내려진 후 즉시 후퇴했는지 아닌지를 어떻게 알아볼 수 있단 말이냐?"

"세상에는 보이지 않는 눈이 있습니다. 감춘다고 감춰지는 게 아니니 결국은 알려지게 된다는 걸 그들도 잘 알 것입니다. 포고령에 이어 천왕성의 연합에 대항하기 위한 무림 통첩이 떨어지면 후퇴했던 세력들은 자연스럽게 구룡을 중심으로 모여들 것입니다. 그때 모인 자들을 위주로 포고령 전후의 행적을 추적하면 적과 아군을 명확하게 구분할 수 있을 거라 판단되옵니다."

"참으로 훌륭하다."

청문자가 운호의 대답을 들은 후 청현자와 청무자를 향해 고개를 끄덕였다.

오면서 많은 대화를 나누었고 의견을 통일시켰다.

점창이 구룡회에 참석하는 이유는 두 가지.

그 하나는 사문의 염원인 구룡 회복이요, 또 다른 하나는 천왕성의 야욕을 분쇄하는 것이었다.

그랬기에 장문인인 청현자와 청문자, 청무자는 그간의 강호 경험을 통틀어 향후에 벌어질 일들에 대해서 수시로 의견을 나누었다.

운호의 대답은 그들이 생각한 것과 대동소이했고 어떤 부분에 대해서는 훨씬 깊기도 했다.

그랬기에 청문자는 기꺼운 눈으로 운호를 바라보았다.

백대고수 중 여섯을 해치웠고 그중 십오천강에 드는 자들을 둘이나 꺾었으니 천하인들은 운호를 십제의 반열에까지 올려놓고 있었다.

얼마나 자랑스러운 제자인가.

새삼 처음 점창에 찾아왔던 때의 운호가 생각났다.

운호는 너무 못 먹고 자라 또래보다 훨씬 어려 보였고 체력도 부실하기 짝이 없었다.

독종, 운호.

버리려는 생각도 가졌었고 파문시켜 자유롭게 살아가도록 만들 생각도 했었다.

가당치 않은 항렬을 가졌으나 무공을 제대로 익히지 못한 운호가 점창에서 살아갈 수 없을 거라 판단했었다.

그런 놈이 이렇게 자라 점창의 명예를 드높이고 있으니 얼마나 대견스럽단 말인가.

정말 언제까지라도 업고 돌아다닐 만큼 자랑스럽고 기꺼

운 제자였다.

　객잔에서 하루를 더 묵은 점창 무인들이 숭산을 향해 출발
한 것은 진시 초였다.

　구룡회는 미시에 열리는 것으로 되어 있었기 때문에 아침
일찍 일어나 서둘러 출발해야 했다.

　등봉에서 숭산까지의 거리는 오십 리에 불과해서 숭산에
도착했을 때는 사시 무렵이었다.

　시간에 여유가 있으니 그때서야 숭산의 모습이 눈에 들어
왔다.

　숭산.

　숭산은 소림사가 위치하고 있는 소실봉을 비롯해서 저마
다의 위용을 자랑하며 솟아오른 칠십이 봉을 품었는데, 처음
부터 끝까지의 거리가 백오십 리에 달했고 높이는 오백 장에
이르렀다.

　광대하고 웅장한 산의 기운을 바라보며 청현자를 비롯한
점창 무인들이 깊은 감탄을 터뜨렸다.

　점창산에 비해 결코 넓거나 높은 건 아니었지만 산 자체에
서 뿜어내는 영험한 신비로움은 저절로 경외심을 느끼게 만
들고 있었다.

　"과연 숭산이로다!"

　"정명하고 광대한 소림의 기풍이 여기서 나온 모양이오."

청현자가 입을 열어 탄성을 터뜨리자 옆에 서 있던 청무자가 고개를 끄덕였다.

청문자는 이미 몇 번 소림사를 방문한 경험이 있었지만 그들은 숭산을 처음 봤으니 느끼는 감정이 달랐다.

하긴 그렇게 따지면 다른 사람들도 마찬가지였다.

차기 장문인으로 내정된 운풍을 비롯해서 운자 항렬의 제자들은 소림사를 처음 방문했기 때문에 청현자처럼 숭산의 전경을 바라보며 탄성을 금치 못했다.

바람처럼 산을 오르자 주변의 산세들이 휙휙 지나갔다.

점창을 대표해서 숭산을 오르는 점창 무인들은 모두 유운신법을 펼치고 있었는데, 거대한 대붕이 하늘을 나는 것처럼 유연하고도 쾌속했다.

"멈추시오!"

소실봉의 산문까지 접근하자 기다렸다는 듯 소림의 인물들이 도열했다가 점창 무인들을 가로막았다.

산문에는 열여덟 명의 승려들이 지객당주인 뇌헌 대사의 뒤쪽에서 도열하고 있었는데, 묵직한 기운이 흘러나와 사위를 압도했다.

사십 중반으로 보이는 승려들의 위엄.

아무도 입을 열어 말하지 않았지만 그들이 뿜어내는 기도와 기세는 소림이 자랑하는 십팔 나한임이 분명했다.

십팔 나한을 산문에 배치해서 올라오는 손님들을 맞이한

다는 건 그만큼 소림이 이번 구룡회의 개최를 중요하게 여긴 다는 걸 알려주는 것이었다.

선두에 섰던 청현자가 먼저 멈추자 그 뒤를 이어 나머지 사람들이 깃털이 내려앉듯 부드럽게 착지했다.

마치 처음부터 그렇게 있었던 것처럼 점창 무인들은 청현자의 뒤쪽에 그림처럼 도열한 채 미동조차 하지 않았다.

뇌현 대사의 눈이 번쩍하며 빛났다가 순식간에 사라졌다.

고수들은 상대의 움직임 하나만 보고도 무력의 수준을 추측할 수 있었으니 뇌현 대사는 간신히 놀람을 숨기고 호흡을 골랐다.

나타난 점창 무인 중 자신보다 하수는 한 명도 없어 보였기 때문이었다.

"아미타불. 오시느라 수고하셨습니다. 소승은 지객당주 뇌현이올시다."

"대사의 명성은 오래전부터 익히 듣고 있었습니다. 빈도는 점창을 맡고 있는 청현이라 하오."

청현자는 자신을 먼저 소개한 후 뒤쪽에 도열하고 있는 사람들을 항렬대로 한 명씩 소개했다.

뇌현 대사의 입에서 탄성이 터진 것은 청현자의 입에서 모든 사람의 소개가 끝나고 운호와 운상, 운여의 이름이 흘러나왔을 때였다.

"점창삼신룡!"

말로만 듣던 점창삼신룡을 직접 본 뇌현 대사는 놀라움을 숨기지 못한 채 세 사람을 번갈아 바라보며 눈을 크게 부릅떴다.

　이립에도 이르지 않을 만큼 젊은 나이에 무림 창천에 올랐으니 어찌 대단하지 않을 텐가.

　더군다나 그중 마검은 십제의 반열에까지 거론되고 있었기 때문에 세 사람을 번갈아 바라보던 뇌현 대사의 눈은 결국 운호에게서 멈추었다.

　그저 강호의 뜬소문이라고 치부하기엔 마검이 걸어온 피의 역사가 너무 선명했고 확실했다.

　혼자서 백대고수에 포함된 사마의 지존들을 물리쳤고 전검회를 비롯한 강력한 세력의 협공을 돌파하며 천하를 종주했으니 마검의 명성은 중천의 태양처럼 뜨겁다.

　뇌현 대사의 안내로 청현자를 비롯한 장로들은 소림 방장인 뇌인 대사에게 인사를 하기 위해 대응전으로 향했고 나머지는 지객승의 안내에 따라 객당으로 걸어갔다.

　객당은 경내 중에서 가장 낮은 곳에 위치하고 있었기 때문에 산문과 가까웠고 소림의 주요 건물들을 볼 수 없는 곳에 지어져 있었다.

　역시 명문은 객당에서부터 차이가 났다.

　역사 속에서 한 번도 위기를 당하지 않았던 소림의 객당은 화려하지 않았지만 정갈하게 지어져 있었고 그 숫자도 백여 실에 달해 십여 실에 불과한 점창의 낡은 객방과는 비교조차 할 수 없는 규모였다.

지객승을 따라 객당의 마당으로 들어서자 많은 사람들이 보이기 시작했다.

이미 구룡에서 온 사람들로 객당은 가득했는데, 점창 무인들이 들어서자 그들의 시선이 한꺼번에 몰려왔다.

일부러 그런 것은 아니겠지만 점창에 배정된 객방은 가장 끄트머리에 있었기 때문에 운호는 운상과 운여와 함께 일행의 끝 쪽에서 걸으며 다른 문파 무인들의 시선을 그대로 받아들여야 했다.

구룡회에 참여하기 위해 왔으니 어찌 보통 무인들이겠는가.

기세를 일부러 뿜어내지 않았음에도 시선 하나하나가 송곳으로 찌를 듯 날카로웠고 각기 다른 특성을 지녀 구분이 명확했다.

점창이 구룡 회복을 목적으로 왔다는 걸 모두가 알고 있으니 환영하는 분위기는 아니다.

더군다나 워낙 오랫동안 교류를 나누지 않았기 때문에 아는 얼굴이 하나도 없었다.

그랬기에 구룡에서 제외된 문파를 바라보는 구룡 무인들의 시선은 호의적이지 않았다.

그중 운호 일행의 감각을 기분 나쁘게 자극한 것은 백의 전도복을 입은 자들의 시선이었다.

붉은 매화를 옷깃에 매단 무인들.

바로 화산의 인물들이었다.

맨 앞에서 일행을 이끌던 운풍과 운학은 적의에 찬 화산 무인들의 시선을 받고도 꿈쩍하지 않았으나 운곡을 비롯한 풍운대는 곧바로 반응하기 시작했다.

화산에서 온 무인들도 장로급 이상은 대웅전으로 갔는지 보이지 않았고 가장 나이 많은 사람이 운풍과 비슷했는데 운호 또래도 몇 보였다.

똑같은 시선, 똑같은 적의.

화산의 무인들은 점창 무인들이 들어온 이후부터 슬슬 적의를 나타냈는데, 그중 하나는 뭔가를 중얼거리며 조소까지 흘려냈다.

운곡이 더 이상 참지 못하고 걸음을 멈춘 것은 놈의 중얼거림이 끝났을 때였다.

어떤 말인지 알아들을 수 없었으나 느낌과 표정으로도 충분히 짐작이 가능했다.

조소를 흘리고 있는 무인은 기껏해야 자신보다 나이가 많아 보이지 않는 자였다.

"개 같은 놈, 혀를 뽑아놓겠다."

"사형, 참으세요. 구룡 복원을 위해 온 자립니다. 소란을 피워서는 안 됩니다."

"운호, 너는 저자들의 행동을 보고도 그런 소리를 한단 말이냐!"

"제가 가서 좋게 타이르겠습니다. 풍운대의 수장이 함부로 움직인 걸 존장들께서 아시면 노여워하실 겁니다. 그러니 사형께서는 그만하고 가시지요. 대사형께서 기다리고 계십니다."

"으……."

목구멍 깊은 곳에서 흘러나오는 신음.

분노를 풀어내지 못한 데서 울려 나오는 고통이 담긴 신음이었다.

그러면서도 운곡은 운호의 제지를 받아들이고 멀리서 기다리는 운풍을 향해 걸어갔다.

운호가 방향을 틀어 화산 무인들이 있는 곳으로 다가간 것은 운상과 운여까지 모두 운곡을 따라 배정된 객방 쪽으로 이동했을 때였다.

뚜벅뚜벅.

운호가 다가가자 적의를 보내오던 화산 무인들의 시선이 의아함으로 변해갔다.

시비를 걸기 위함이라면 전부 왔어야 정상인데 모두 객방으로 가버리고 하나만 다가왔으니 어이가 없었던 모양이었다.

직진.

처음부터 운호는 조소를 흘리고 있던 젊은 무인이 목표였기 때문에 다른 사람의 시선은 신경조차 쓰지 않았다.

천천히 걸었어도 불과 눈 몇 번 깜짝할 사이에 사내에게 도착한 운호의 입이 천천히 열렸다.

운곡에게는 좋게 타이르겠다며 말했으나 막상 화산 무인 앞에 선 운호의 얼굴은 북풍한설처럼 차갑게 변해 있었다.

"왜 웃었느냐!"

"뭐… 뭐라!"

"다시 한 번 묻겠다. 왜 웃었느냐!"

"내가 내 마음대로 내 얼굴 가지고 웃었다. 그게 시비거리가 된다고 생각하는 모양인데 넌 상대를 잘못 고른 것 같구나. 내가 누군지 모르고 한 짓 같으니 이번 한 번은 봐주겠다. 그러니 죽고 싶지 않으면 꺼져!"

화산 무인이 기세를 풀어놓자 사방이 경기에 의해 압축되며 돌개바람이 날아올랐다.

검을 잡지도 않았는데 이미 검을 뽑은 것처럼 시퍼런 기운이 운호를 압박해 왔다.

운호의 입에서 괴소가 흘러나온 것은 화산 무인의 기세로 인해 자신의 옷깃이 흔들릴 때였다.

"크크크… 물론 나는 네가 누군지 모른다. 하지만 이것 하나는 확실하게 알지. 지금… 당장 눈깔을 바닥으로 깔지 않으면 네 목이 잘린다는 사실 말이다."

7장

구룡복원

　말을 끝낸 운호가 천천히 내력을 끌어올려 뿜어내자 화산 무인이 만들어놓았던 돌개바람은 순식간에 사라졌고 대신 일곱에 달하는 화산 무인들 전체를 전권에 놓으며 산악이 일어서는 것과 같은 무시무시한 기운이 뻗어나갔다.

　압도적인 기세.

　움직일 수도 없고 움직여서도 안 된다.

　호환검 영호충은 운호의 기세에 눌려 움직이지 못한 상태에서 입만 벙긋거렸다.

　거미줄처럼 자신의 전신을 옭아매는 기운이 너무 압도적이라 도저히 벗어날 엄두조차 나지 않았다.

화산에 세 살 때 들어와 이십삼 년간 고련에 고련을 거듭해서 문의 암천인 화산팔비로 다시 태어날 수 있었다.

절정을 통과한 것은 스물이 넘었을 때였고 수어검(手馭劍)을 이룬 것은 스물셋이었다.

내공이 양광이현(陽光二現)의 경지에 이르러 생사현관이 뚫린 것은 작년이었다.

사문의 비기인 태허구검(太虛九劍)를 대성한 이래 세 차례의 산하 출도로 호환검이라는 영예로운 명호도 얻게 되었다.

누구도 두렵지 않았고 누구와 싸워도 지지 않을 자신이 있었다.

그런데 이렇다.

자신과 비슷한 나이를 가진 자들 중에서 검을 뽑지 못하게 만들 만큼 압도적인 기세를 뿜어내는 무인이 있을 줄은 꿈에도 생각해 보지 않았다.

이런 무위를 본 적은 있다.

바로 무림십제 중 일인으로 손꼽히는 신검제가 바로 그들의 스승이었다.

단숨에 도륙할 것처럼 뻗어 나왔던 산악 같은 기세가 거짓말처럼 사라진 것은 화산 무인 누구도 운호가 생성시킨 기세를 뚫어내지 못했기 때문이었다.

운호는 기세를 걷어들인 후 여전히 차가운 얼굴로 영호충을 향해 입을 열었다.

"함부로 웃지 마라. 나, 마검을 상대로 그런 웃음을 지을 수 있는 자는 천하에 아무도 없다. 이번에는 화산의 체면을 생각해서 경고에 그치지만 다시 한 번 그런 웃음을 보인다면 반드시 네 목을 자르겠다. 명심하도록!"

"마… 마검!"

운호는 몸을 돌려 일행이 있는 객당으로 돌아갔지만 화산 무인들은 여전히 움직이지 못했다.

마검의 신화를 들으며 과장된 소문이라 의심을 했다.

워낙 많은 증인과 증거가 나돌았으나 눈으로 보지 않은 이상 이립도 되지 않은 자가 절대의 경지에 올라섰다는 사실을 믿고 싶지 않았다.

그러나 오늘… 마검의 전권 앞에 서본 그들은 한 올의 의심조차 모두 버려야 했다.

대적불가의 기세.

마검의 기세는 절정을 통과해서 초절정의 경지에 올랐음에도 대적할 엄두가 나지 않을 만큼 압도적이었다.

"잘 타일렀냐?"

"응."

"영악한 놈."

세 발자국 떨어진 곳에 앉아 있는 운곡이 듣지 못하도록 작은 목소리로 웅얼거리며 물어왔던 운상이 운호의 대답을 들은 후 가자미눈을 만들었다.

그 눈에서 만들어낸 시선은 오묘했는데, 무슨 꿍꿍인지 알 수가 없었다.

그랬기에 운호는 비슷하게 웅얼거리는 목소리로 되물었다.

"뭔 소리야?"

"내가 모를 줄 알았던 모양인데… 어림없다. 사형한테 말해도 된다면 아주 미련 없이 화끈하게 고자질할 의향이 있다."

"쉿, 조용히 해!"

"말해봐. 어디까지 했어?"

"협박만 했다. 다시 한 번 웃으면 그냥 두지 않겠다고."

"멀리서 봐도 기경을 뿜던데 말로만 했다고?"

"그건 놈이 싸가지가 없어서 훈계를 하느라고 그런 거야."

"흥!"

운호가 이쪽에는 전혀 관심을 기울이지 않고 대사형과 의견을 나누고 있던 운곡의 눈치를 보며 달래듯 설명하자 운상에게서 콧바람이 새어 나왔다.

운호의 설명에 동의하지 못한다는 태도였다.

사실 엄밀히 말하자면 그놈은 운상의 것이었다.

운곡이 분통을 터뜨리기 전 이미 운상은 검병에 손을 얹고 몸을 돌리고 있었다.

그런 그를 꼼짝 못하게 허리춤을 당겨놓고 운곡마저 제지한 운호는 뭐라 말할 틈도 없이 놈을 향해 다가갔다.

어쩔 수 없이 걸음을 옮길 수밖에 없었으나 운호의 일거수일투족을 예의 주시했기 때문에 벌어진 일들에 대해서는 누구보다 잘 안다.

그런 데도 운호는 자신이 할 일을 새치기해 놓고 말도 안 되는 변명을 해서 코 평수를 넓혀놓았다.

문이 열리며 청현자를 비롯한 사숙들이 들어온 것은 운상이 운호를 향해 쌍심지를 켤 때였다.

제자들이 동시에 자리에서 일어나자 중앙에 자리를 잡고 앉은 청현자가 운풍을 향해 앉으라는 손짓을 했다.

운풍에게 했으나 나머지 모두에게 해당되는 무언의 명이었으니 운자 항렬의 제자들은 사숙들을 중심으로 빙 둘러 앉았다.

"소림 방장을 뵙고 문안 인사를 드리면서 청성과 아미가 아직 오지 못했다는 소리를 들었다. 아무래도 청당전이 격렬해지다 보니 사람을 보내지 못한 모양이구나."

"큰일이군요."

말하는 청현자나 듣고 있던 운자 항렬들이나 얼굴이 굳어진 것은 매한가지였다.

청성과 아미.

구룡 중 그나마 점창에게 호의를 품고 있는 문파들이었다.

구룡의 복원 절차는 소속 문파 중 누군가의 발의에 의해 진행되는데 복원의 타당성에 대하여 당해 문파의 주장을 듣고 그에 반하는 의견들이 있다면 함께 듣는다.

그러나 그러한 과정은 요식행위에 불과할 뿐 진정한 복원은 결국 구룡의 투표로 결정된다고 볼 수 있다.

칠 년 전 점창을 나락으로 떨어뜨린 화산과 공동은 결사적으로 구룡 복원에 반대할 것이고 그 당시 화산의 주장에 동의했던 종남 역시 호의적이라고 볼 수는 없었다.

그나마 다행인 것은 오랜 세월 점창과 유대 관계를 맺고 있는 곤륜이 미리 와서 기다린다는 것이었고 소림과 무당도 점창에게 그리 나쁜 감정을 가지고 있지 않다는 것이었다.

문제는 모산파였다.

화산의 도움으로 구룡에 등극했지만 모산파는 현재 최고의 전성기를 구가하며 스스로의 힘으로 삼십팔세 중에서도 가장 강하다는 신주십강에 당당히 이름을 올린 강자였다.

십제 중 일인인 무검제 월인강이 모산파의 현 장문인이었고, 그의 사제 중 두 명이 무림백대고수에 이름을 올리고 있었다.

신주십강의 하나인 모산파를 끌어내려야 구룡 복원의 꿈을 이룰 수 있기 때문에 점창의 도전은 결코 쉬운 일이 아니었다.

그렇다고 그냥 물러설 일은 아니었다.

모산파가 강하다고는 하나 이제 점창은 예전의 힘없고 우유부단했던 문파가 아니었다.

당장 이곳에 온 면면을 살펴보더라도 그 어떤 문파에 뒤지지 않는 전력을 지녔으니 억울하게 당했던 지난날의 수모를 그냥 넘기지 않을 것이다.

"회의 순서는 어찌 결정되었습니까?"

"주요 현안을 먼저 해결하는 것으로 결정되었다."

"그리되면 안 됩니다. 그들은 우리가 모든 것을 말해주고 나면 쉽게 등을 돌릴지도 모릅니다."

운풍이 조용한 음성으로 말을 하자 청현자가 고개를 가볍게 끄덕였다.

운풍.

사형인 청문자가 며칠 전에 힘들어 하는 자신에게 위로 차해준 말이 떠올랐다.

이번 구룡 복원에 관한 일만 끝나면 안심하고 장문직을 운풍에게 넘겨도 된다는 말이었다.

스스로도 운풍이면 충분한 자질을 가졌다고 인정했지만 청문자의 설명은 그의 심성을 이야기한 것이 아니라 무력이었다.

이제 자신조차 운풍과의 승부를 장담할 수 없다고 말하며 사형은 기꺼운 웃음을 짓고 있었다.

청문자는 대쪽 같은 성격을 지녔기 때문에 한 번도 허언을 한 적이 없는 사람이었다.

그가 그렇다면 가감 없는 진실이라고 봐도 될 만큼 운풍의 무력은 무서울 정도로 강해졌다는 뜻이었다.

기쁘기도 했으나 부끄럽기도 했다.

차기 장문인의 자질조차 제대로 파악하고 있지 못했으니 입이 열 개라도 할 말이 없었다.

정말 운풍이 그런 정도의 무력을 확보했다면 점창은 역사상 가장 뛰어난 장문인을 보유하게 될지도 몰랐다.

굳은 심지와 뛰어난 무력, 제자들의 신망을 한 몸에 받는 장문인의 출현은 점창을 한 단계 발전시키는 계기가 될 것이 분명했다.

그럼에도 청현자는 운풍의 말에 동의하지 않았다.

점창만을 생각한다면 일리가 있는 말이었으나 구룡회의 개최 이유는 천하무림의 안위가 우선이었으니 논의 순서를 바꾼다는 건 불가능에 가까웠다.

"모든 것은 순리에 따라야 하는 법. 억지를 쓰게 되면 역효과를 불러일으켜 오히려 손해를 입게 되는 것이 세상의 이치다. 역지사지를 항상 잊으면 안 된다. 그들의 입장을 먼저 생각해 주지 않으면 그들 역시 우리의 입장을 전혀 고려하지 않을 것이다."

"…제자의 소견이 짧았사옵니다."

"구룡회는 대연무장에서 한 시진 후에 시작된다. 구룡 복원이 점창의 꿈인 것은 분명하지만 결코 그것을 위해 다른 문파에게 허리를 숙이거나 위협을 당하지는 않을 것이다. 우린 우리의 할 말을 분명히 하고 구룡 복원의 타당성을 당당히 주장할 테니 제자들은 나의 뜻에 따라 한 치의 부끄럼 없이 행동해 주기 바란다. 알겠느냐!"

"예, 장문인!"

점창에 배정된 객당은 네 개였기 때문에 자연스럽게 항렬에 따라 구분이 되어 휴식을 취했다.

운호는 운상과 운여와 함께 가장 마지막 방을 쓰게 되었는데 아직 한 시진이나 남았기 때문에 잠시 머물다가 바깥으로 나왔다.

방구들 신세만 지고 있기에는 오면서 본 숭산의 절경이 너무 아름다웠다.

숭산의 겨울은 온통 하얀색이었다.

칠십이 봉의 봉우리마다 며칠 전 내린 눈이 녹지 않아 설경을 이루고 있었다.

들어오면서 봤던 무인들은 방에 들었는지 대부분 보이지 않았고 몇몇 무인들만 산책하는 모습이 눈에 들어왔다.

경내로 올라설 수 없기 때문에 자연스럽게 발걸음이 산문 쪽으로 향했다.

대웅전을 비롯해서 주요 건물들이 있는 쪽으로는 소림의 인물들이 철저히 경계를 서고 있었는데, 자파의 비처로 타 문파의 인물들이 들어서는 것을 무척이나 경계하는 모습이었다.

그랬기에 운호 일행은 산문 쪽으로 움직이다가 중간중간 서서 소실봉의 아름다움을 마음껏 감상했다.

그동안 정신없이 다니다 보니 마음의 여유를 잃어버려 아름다움을 아름다움으로 보지 못했다.

추억보다 기억이 많은 여행길이었다.

오직 생각나는 건 가슴 아픈 장면들과 피로 점철된 혈로뿐이었다.

수많은 사람들을 죽였고 온몸이 만신창이가 되기도 했다.

그 길의 끝에 서서 잠시 검을 내려놓자 이제야 대자연의 아름다움이 천천히 가슴으로 들어왔다.

"진정 아름답다."

"그래, 아쉽지만 경치만 가지고 따진다면 점창산보다 예쁘다. 겨울만 이렇지는 않겠지. 사시사철 변하며 옷을 갈아입을 테니 얼마나 아름다울까. 숭산을 오악 중의 하나로 꼽은 데는 다 이유가 있었구나."

운호의 중얼거림에 운여가 맞장구를 쳐 주었다.

운호처럼 그의 눈도 감탄으로 물들어 있었다.

옆에 있던 운상의 입에서 놀라움에 가득 찬 소리가 터져 나온 건 운호가 운여의 말에 동의하듯 크게 고개를 끄덕일 때였다.

"저기 올라오는 사람, 한 소저 아냐?"

운상의 말에 운호의 고개가 원래부터 있던 것처럼 산 아래를 바라보았다.

객당으로 올라오는 한 무리의 사람들.

앞에 선 사람은 소림의 지객승이었지만 뒤에 따라오는 건 청의 전도복을 입은 청성인들이 분명했다.

그리고 그 속에는 분명히 운상이 말한 것처럼 한설아가 포함되어 있었다.

너무 놀랍기도 했고 반가운 마음에 운호의 몸이 허공을 격하고 급하게 날아갔다.

십여 장에 달했던 거리가 눈 깜짝할 사이에 좁혀지자 그때서야 한설아가 반가운 얼굴로 운호에게 다가왔다.

"오라버니, 역시 여기에 계셨군요."

"설아, 여긴 어쩐 일이야?"

"장로님들을 모시고 구룡회에 참석하러 왔어요."

반가움에 뒷전으로 밀어냈던 사숙들이 생각났는지 그녀는 급히 뒤에 서 있던 만수자와 처음 보는 늙은 도인을 소개했다.

만수자와는 당문 표물 사건과 쌍류 싸움에서 만났기 때문에 구면이라 인사가 편했으나 그 옆에 날카로운 정광을 내뿜고 있는 노인의 정체는 도무지 알 수가 없었다.

청성의 장로들에 대해서는 여러 차례 무림인명록을 통해

특징을 외웠으나 노인은 그 어디에도 해당되지 않았다.

운호는 그녀의 소개에 따라 정중하게 허리를 숙여 예를 표했다.

타 문파의 장로들이라 해도 배분이 높았고 청성은 점창과 긴밀한 관계를 맺은 관계였기 때문에 최대한 공손하게 인사를 했다.

"네가 마검이냐?"

"그렇습니다."

"홀홀홀… 우리 설아가 그토록 자랑해서 누군가 궁금했는데 이제야 보게 되었구나."

"죄송하오나 존명이 어찌 되시는지……."

"나는 만인자라고 한다. 설아의 스승이기도 하지."

노도인이 정체를 밝히자 운호의 눈이 금방 커졌다.

만인자.

청성이 낳은 기인 중의 기인으로 바둑과 역용 부분에서 천하제일에 오른 사람이었다.

무력은 약할지 몰라도 그는 천하에서 가장 유명한 사람 중의 하나였는데, 전혀 알아보지 못했으니 운호의 얼굴이 저절로 붉어졌다.

"아, 몰라 뵈어 송구합니다."

"괜찮다. 내가 원래 산에서만 지내서 내 얼굴을 알아보는 사람이 드물어. 그나저나 참으로 잘생겼구나. 설아가 하도 자랑질을 하기에 믿지 않으려 했는데 막상 보니 전설의 반안은 비교조차 되지 않겠다. 어쨌든 나중에 보자. 지금은 소림 방장에게 인사를 해야 하고 구룡회에 참여해야 되니 나중에 술이나 한잔하면서 너희들의 궁합을 봐주마. 설아야, 우리는 먼저 올라갈 테니 너는 이놈과 함께 있거라."

만인자는 말을 끝냄과 동시에 지객승을 앞세우고 걸음을 옮겼다.

말과 행동이 하나처럼 빠른 사람이었다.

만인자가 말할 동안 고개를 숙인 채 얼굴을 붉히고 있던 한설아의 입이 열린 것은 청성의 장로들이 멀찍이 벗어났을 때였다.

그녀의 얼굴에는 어느새 하얀 미소가 자리 잡고 있었다.

"오라버니, 나 오라버니 보고 싶어서 무조건 왔어요. 잘했죠?"

한설아는 그렇게 운호 옆에 다가와 떨어지지 않았다.

운상과 운여는 주춤주춤 다가오다가 둘이 하는 짓을 보더니 어느새 오던 길을 되짚어 사라져 버렸다.

그들은 자신들의 출현이 두 사람의 오붓한 시간을 방해할 것이라 판단한 모양이었다.

그러나 두 사람이 나눈 대화는 그들의 생각처럼 사랑의 밀어만 속삭인 게 아니었다.

꿈처럼 아름다운 절경들을 보면서 잠깐 사랑을 속삭이기

도 했으나 그들은 곧 청성의 상황과 구룡회에 관한 이야기로
주제를 옮겨 나갔다.

군이 말하지 않아도 짐작할 수 있을 정도로 청성의 상황은
최대의 고비를 맞고 있었다.

최근 들어 당문이 끝장을 보겠다는 듯 공격을 하고 있기 때
문에 사천에서 연일 피가 튀는 격전이 벌어진다며 한설아는
얼굴을 흐렸다.

소림에 단 두 사람의 장로를 보낸 것도 그 때문이었다.

두 사람을 보냈다고는 하나 만인자는 전력에 도움조차 되
지 않으니 실질적으로 청성은 전력에서 만수자를 뺀 것이 다
였다.

그만큼 청성의 현재 상황이 어렵다는 뜻이다.

청성이 어려운 상황임에도 불구하고 구룡회의 소집에 응
한 것은 이번 사안이 너무도 중요했기 때문이었다.

천하를 향한 누군가의 음모.

만약 그것이 사실이고 당문의 도발이 그로 인한 것이라면
이번 전쟁은 구룡회의 결정에 의해 새로운 국면으로 전환될
수 있었다.

점창의 입장으로 봤을 때 청성의 참석은 기꺼운 일이었으
나 아미파가 결국 오지 못한다는 사실이 못내 안타까웠다.

악산(樂山), 인수(仁壽)를 잇는 방어선을 대도문이 기어코
뚫으면서 아미는 죽음을 염두에 둔 마지막 일전에 돌입했다

고 전했다.

동맹 관계에 있는 문파들 간의 유기적인 협조 체계는 싸움이 전면전으로 변하면서 전 전선이 동시에 백천간두의 전투를 벌임으로 인해 붕괴된 지 오래였고 오직 스스로의 힘으로 살아남아야 하는 절체절명의 위기가 연일 계속되는 중이었다.

예상대로 당문은 막사검을 주겠다는 청성의 제안을 일언지하에 칼같이 끊어버렸다고 한다.

하긴 어찌 보면 당연한 행동이었을 것이다.

막사검은 전쟁을 일으키기 위한 명분에 불과했으니 수없이 많은 무인들의 피가 흐른 지금 막사검을 준다 해서 원한과 복수를 어찌 막을 수 있단 말인가.

소림의 대연무장은 그 크기가 사방 백 장에 달할 정도로 넓고 웅장했다.

구룡회는 대연무장의 중앙에서 벌어졌는데, 각 문파의 수장들이 앉을 수 있는 의자가 원탁을 중심으로 배치되어 있었고 그 뒤쪽으로 수행해 온 무인들이 자리를 잡았다.

십방십문 회의.

아미의 자리가 비어 한쪽이 허전했지만 그럼에도 장문인들이 자리에 앉자 무서운 고요가 대연무장을 사로잡으며 퍼져 나갔다.

대웅전 측 상석에 앉은 소림 방장 뇌인 대사의 입이 열린 것은 사람들의 시선이 모두 자신에게 집중되었을 때였다.

"지금부터 구룡회를 시작하겠소. 오늘 구룡회를 개최하게 된 것은 미리 공지한 것처럼 무림의 환란이 누군가의 손에 의해 조종되고 있다는 점창의 제언 때문이었소. 우리 소림은 점창의 제언을 면밀히 분석한 바 상당한 타당성이 있다는 판단을 내렸고 현재 무림에 불고 있는 혈풍을 막기 위해서 특단의 조치가 필요하다는 인식을 같이하게 되었소. 이번 회의의 개최는 그 외에 다른 어떤 이유도 없음을 미리 말해두는 바이니 조금의 오해도 없기를 바라오."

뇌인 대사는 서언과 미언을 말한 후 자신을 향해 시선을 던지고 있는 각 파의 장문인들을 일별했다.

확실하게 선을 긋고 시작한다.

이곳에 온 사람들 중 반수가량은 구룡회가 개최된 사안 못지않게 점창의 구룡 복원에 신경을 곤두세우고 있었다.

그런 사람들에게 불필요한 오해를 받지 않겠다는 뇌인 대사의 의중이 미언에 고스란히 나타났다.

그만큼 점창의 구룡 복원 요청은 소림의 입장에서 봤을 때 무척이나 예민한 사안이었다.

청현자는 가볍게 헛기침을 했지만 거기에 토를 달지는 않았다.

어차피 소림과 점창의 심중이 달랐고 여기 앉아 있는 다른 문파들의 속내도 모두 다르다.

괜히 섣불리 나서서 반감을 불러일으킬 이유가 없으니 침묵으로 대응할 뿐이었다.

무슨 뜻인지 분명히 알면서도 나서서 반론을 제기하는 사람이 없자 뇌인 대사의 말이 계속 이어졌다.

"그럼 먼저 내가 점창에게서 들은 이야기를 개략적으로 여러분들에게 알려주겠소. 그다음 천왕성에 대해서 조사를 한 점창의 말을 듣는 것으로 진행할 터이니 여러분은 신중한 마음으로 경청해 주시면 고맙겠소."

몇 번의 헛기침을 통해 좌중을 집중시킨 뇌인 대사가 이야기를 시작했다.

뇌인 대사가 청문자를 통해 들었던 정보들을 이야기하자 회의에 참석한 각 파 장문인의 얼굴이 심각하게 변했다.

미리 들었던 것보다 훨씬 세부적이었고 일목요연한 뇌인 대사의 설명은 진정 무서운 것이었다.

강호의 경험이 적지 않으니 앞뒤의 구성과 이야기의 진행에 조금의 허점이라도 발견된다면 반박하고 싶은 내용들이었으나 뇌인 대사의 설명에는 어떠한 허점도 나타나지 않았다.

백이십 년 전에 나타났던 천왕성의 무림일통 야망.

무작정 정면으로 공격해 왔던 옛날과 달리 무섭도록 치밀하게 계획된 차도살인지계와 이이제이 전략은 구룡회에 참석한 무인들의 몸을 으슬으슬한 오한 속으로 몰아넣기에 충분했다.

모든 이야기를 끝낸 뇌인 대사가 잠시 숨을 고른 후 청현자를 바라봤다.

자신의 역할은 끝났으니 뒤를 책임져 달라는 시선이었다.

그랬기에 청현자는 운호를 불러내어 그동안 있었던 일들에 대해 말할 수 있도록 자리를 마련해 주었다.

운호는 탕마행을 시행하면서 겪었던 일들을 하나씩 꺼내어 중인들에게 설명했다.

다른 건 모두 빼고 오직 천왕성과 관련된 일들에 한해서 이야기했다.

귀왕의 이야기와 천검회에 관련된 것들, 마창의 증언과 직접 천왕산을 찾아 그들의 근거지를 찾아낸 걸 끝으로 꽤 긴 이야기를 마무리 지었다.

일목요연했고 명확한 설명이었음에도 너무 믿기지 않은 일들이라 그런지 사람들은 고개를 끄덕이지 않았다.

믿고 싶지 않은 것에 대한 반감.

특히 그것이 목숨과 직결된 것이라면 사람들의 반감은 커질 수밖에 없는 게 인지상정이다.

특히 화산과 공동, 종남의 장문인들은 불신의 표정까지 짓고 있었다.

종남 장문인인 혜령자의 입이 열린 것은 운호가 예를 표하고 자신의 자리로 돌아갔을 때였다.

"꽤 긴 이야기였으나 결국 증거는 아무것도 없는 것 같구려. 귀왕이나 마창에 관련된 일들은 오직 마검의 증언에 의한 것뿐이고 천검회나 풍검문, 팔황문에 관한 것도 추측에 불과하오. 점창의 이야기가 신빙성을 얻기 위해서는 천왕성의 근거지를 확인하는 것이 우선이란 생각이 드오."

"당연한 말씀입니다. 구룡의 행동 지침은 먼저 천왕성의 실체를 확인한 후에야 결정할 수 있을 것이오."

혜령자에 이어 공동파의 장문인인 설문룡까지 같은 의견을 제시해 왔다.

중인들의 고개가 저절로 끄덕여졌다.

이렇게 중차대한 일을 일개 개인의 증언만으로 무조건 믿는다는 건 다소 무리가 따른다는 것이 그들의 생각인 것 같았다.

소림 방장이 설명할 때는 설득력이 있었는데, 운호가 자신이 수집한 정보를 말하자 사람들의 시선이 변했다.

무림의 위치에서 오는 차이와 점창에 대한 반감이 원인으로 작용하는 게 분명했다.

그러나 청현자는 그들의 얼굴을 주욱 둘러본 후 소림의 뇌인 대사를 향해 시선을 고정시켰다.

"종남과 공동의 생각은 충분히 일리가 있소이다. 하나 방금 말씀드린 것처럼 그자들은 자신들의 정체가 발각되었기 때문인지 지금까지의 소모전을 버리고 현재 제문파의 전력을 말살시키고자 하는 전면전을 시행중이오. 숭산에서 천왕산까지는 직선로로 오천 리가 넘는 거리에 있소. 지금 당장 움직인다 해도 최소 십 일 이상은 걸릴 것이고 그자들의 방어막을 생각한다면 훨씬 더 긴 시간이 필요하지 모르오. 존장들의 의견대로 천왕성의 실체를 눈으로 확인하기 위해서는 그사이에 수많은 생명들이 사라진다는 것을 유념해야 될 것이오."

청현자가 다른 의견을 말한 후 입을 닫자 잠시 동안 침묵이 흘렀다.

그들도 지금 벌어지고 있는 전투들이 얼마나 험악하게 진행되고 있는지 너무도 잘 알고 있기 때문이었다.

천왕성의 실체를 확인하기 위해 시간을 끌게 되면 천추의 한이 될 수 있는 후회를 만들지도 몰랐다.

그러나 침묵은 그리 오래가지 않았다.

화산 무인들 맨 앞에 있던 추령자가 냉막한 얼굴을 풀지 않은 채 청현자의 의견을 반박해 왔기 때문이었다.

추령자는 청문자가 이전에 소림을 방문했을 때 자칫 검을 꺼내 들 정도로 심하게 감정 싸움을 걸어왔던 인물이었다.

"그렇다고 해도 마찬가지요. 실체도 확인하지 못한 마당에 구룡이 무엇을 할 수 있단 말이오. 만약에 점창이 다른 무언가의 목적 때문에 거짓을 한 거라면 구룡은 자칫 무림에 고개조차 들지 못할 정도의 부끄러움을 당하게 될 것이오. 재차 삼차 행동에 심사숙고를 해야 하오."

"말조심하시오. 우리가 무엇 때문에 거짓을 말한단 말이오!"

추령자의 말을 들은 청무자가 자리를 박차고 일어섰는데, 그의 눈에는 불길이 담겨 있었다.

다른 곳이었다면 당장에라도 검을 빼낼 기세였다.

하지만 그 불길을 잠재울 만큼 추령자의 눈은 서릿발처럼 차가웠다.

"나는 점창이 거짓을 했다고 단정하지 않았소. 혹시라도 그럴 수 있다는 말을 한 것뿐이지. 점창은 구룡 복원이라는 염원을 가지고 있으니 그렇게라도 구룡회를 소집하고 싶어 했을 거란 생각을 해본 것뿐이오. 그리고 다시 한 번 말하지만 구룡의 행동을 결정하기 위해서는 무조건 천왕성의 실체를 파악하는 것이 최급선무요. 구룡의 행동은 무림에 막대한 영향을 미치게 되는데 아무런 증거도 갖지 못한 상태에서 움직인다는 것은 말도 안 된다고 생각하오."

"그사이에 수많은 무인들이 죽는다 해도 말이오!"

"그렇소."

"그런 터무니없는!"

청무자가 화를 참지 못하고 발을 구르자 청석이 꺼지며 산산조각으로 변했다.

대연무장에 깔려 있는 청석은 강도가 강한 것으로 유명해서 웬만한 충격에는 깨지지 않았는데 단순한 발길질 한 번에 산산조각 나버렸다.

한쪽에서 무례하다는 고함이 터져 나왔고 다른 한쪽에서는 참으라며 말리는 소리도 나왔다.

그러나 한 번 터진 감정은 쉽게 가라앉지 않았고 여기저기서 고함이 멈추지 않았다.

제시된 의견에 반론이 난무했고 그런 과정에서 또다시 감정들이 격돌했다.

아홉 개의 문파들은 서로의 의견을 제시했는데, 전혀 터무니없는 것들은 아니었기 때문에 쉽게 조정되지 않았다.

결국 사자후를 터뜨려 언쟁을 막은 것은 회의를 주재하던 뇌인 대사였다.

그는 침중한 표정으로 이야기를 듣고 있다가 나섰는데, 언쟁을 막는 그의 음성에는 은은한 내력이 실려 있었다.

"진정들 하시오. 이곳은 싸우기 위해 모인 곳이 아니오. 의견이 다르다고 목소리를 높인다면 어찌 다른 의견을 낼 수 있단 말이오. 자중해 주시면 고맙겠소. 나는 구룡의 수장을 맡고 있는 소림 방장으로서 화산의 말씀에 일리가 있다고 생각하오. 추령자의 말씀대로 구룡의 움직임은 전 무림에 커다란 영향력을 행사하기 때문에 아무런 증거 없이 움직일 수 없기 때문이오. 하나 심정적으로는 점창의 의견을 따르고 싶구려. 지금도 수많은 무림동도들이 검하의 고혼으로 사라지고 있소. 산하는 피로 붉게 물들고 곡소리가 천지에 가득하니 이것이 어찌 인간 세상이라 할 수 있단 말이오. 그래서 나는 여러분의 의견을 종합해서 두 가지 안을 의견으로 상정하겠소. 첫째는 천왕성의 실체를 확인하고 추후의 행동 지침을 결정하는 것이고, 둘째는 천왕성의 실체를 인정하고 구룡의 무림 참전을 본격화하는 것이오. 물론 두 번째 안으로 진행될 때는 천왕성의 실체 확인을 병행하게 될 것이오."

이미 회의 시간은 한 시진을 훌쩍 넘고 있었다.

뇌인 대사의 기조 설명에 이어 운호의 설명이 이어졌고 결론 없는 의견 제시와 감정 싸움이 벌어지며 시간만 잡아먹고 있었기 때문에 뇌인 대사는 주재자의 직권으로 의견을 상정하고 투표권을 행사했다.

의외로 참석 문파들은 뇌인 대사의 직권 상정에 아무런 반박을 하지 않았다.

약간씩의 차이는 있었겠지만 결국은 뇌인 대사의 말처럼 두 가지 안으로 모든 의견이 귀결되었으니 소모적인 논쟁을 계속할 이유가 없다는 판단을 가졌기 때문이었다.

그토록 오래 지속되던 의견 충돌은 의외로 간단하게 결론 지어졌다.

먼저 구룡이 나서서 현재 벌어지고 있는 싸움을 중지시키자는 두 번째 안이 여섯 표를 받으며 압도적인 우위를 차지했던 것이다.

의견이 통일된 후 구룡의 행동 지침은 일사천리로 진행되었다.

대안을 결정하고 나면 세안들은 상식 범위에서 크게 흔들리지 않는다.

더군다나 각 문파들은 이미 나름대로 자신들의 안을 생각하고 왔는데, 거의 대동소이해서 크게 이견이 없었다.

결정된 안은 천왕성의 음모로 전쟁이 벌어졌다는 사실을 알리고 싸움 중지를 요청하는 무림첩을 발송하는 것이었다.

그 과정에서 천왕성의 예하 세력을 색출하고 적과 아군을 구분하며 천왕산으로 사람을 급파해서 그들의 실체를 확인한다는 전략이었다.

그다음은 무림맹의 창설이었다.

천왕성의 무림일통 야욕이 사실로 드러나는 순간 구룡 중심의 무림맹을 창설해서 당당하게 맞선다는 복안이었다.

역시 무림의 늑대들답다.

대안이 결정되자 구룡은 점창이 예상한 것처럼 일사천리로 의견을 귀결시켜 나갔는데, 오히려 세목으로 따진다면 미처 생각하지 못한 것들도 제시되어 거의 완벽에 가까운 전략이 마련되었다.

모든 의견과 전략은 소림의 나한전주 뇌만 대사의 손에 의해 정리되어 뇌인 대사가 공포함으로써 효력을 발생시켰다.

천왕성의 야욕을 분쇄하는 결정이 이루어지는 역사적인 순간이었다.

장문의 회의 결과를 중인들에게 낭독한 뇌인 대사는 서류를 뒤로 물리고 한동안 침묵을 지키다가 점창의 청현자를 바라보며 입을 열었다.

그는 지친 얼굴을 하고 있었는데, 그럼에도 불구하고 해야 할 일을 뒤로 미루지 않았다.

"이제 구룡회의 긴급 소집 사안이 모두 끝났소. 점창은 할 말이 있으면 해도 되오."

말을 끝낸 뇌인 대사의 표정이 좋지 못했다.

천왕성과의 일전을 염두에 둔 전략 생성 과정에서 보여주었던 홍안은 어디론가 사라지고 어두운 그림자가 그의 얼굴에 내려앉고 있었다.

청현자가 자리에서 일어난 것은 뇌인 대사의 말이 끝나자마자였다.

"점창은 구룡 복원을 원하오!"

청현자의 한마디에 천왕성이란 공동의 적과 대항하기 위한 열기로 붉어졌던 각 파 무인들의 얼굴이 차갑게 가라앉았다.

화산의 장문인 추송자가 먼저 못마땅하다는 헛기침을 쏟아냈고 뒤이어 모산파의 장문인이자 무천십제의 일인인 무검제 월인강의 얼굴에서 싸늘한 미소가 피어올랐다.

그것은 종남과 공동파의 장문인들도 별반 다르지 않았는데, 청현자의 요구를 그들은 일고의 가치도 없다는 듯 외면했다.

그럼에도 청현자는 좌중의 인물들을 둘러보며 자신의 말을 이어나갔다.

"칠 년 전 우리는 회의에 참석하지 못한 상태에서 쫓겨나듯 구룡의 지위를 잃고 말았소. 당사자가 없는 상황에서 아무런 이유 없이 그런 결정을 한 것은 구룡을 조직한 선조들의 뜻을 위배하는 것이오. 따라서 우리 점창은 당연히 구룡 복원이 이루어져야 한다고 주장하는 바이오."

"한 가지 짚고 넘어갈 것이 있소. 칠 년 전 점창이 구룡에 참석하지 못한 것은 점창 자체의 일 때문이었지 다른 이유가 있었던 것이 아니오. 그렇지 않소?"

"점창 자체의 일이 맞소."

"그 당시 점창은 칠절문의 공격에 전전긍긍하며 제대로 대응하지 못하고 웅크린 채 점창산에 틀어박혀 있느라 구룡회에 참석할 수 없었소. 구룡은 무림의 영도 역할을 하는 문파들이 만약의 사태를 대비하기 위해 만든 조직이오. 그것의 의미는 그만 한 자격이 있어야 된다는 것을 의미하는 것인데 점창은 그리하지 못했으니 어찌 그것이 잘못된 일이라 할 수 있겠소."

화산의 추송자가 송곳처럼 점창의 약점을 파고들었다.

그의 논리는 명확했고 정연했기 때문에 반박의 여지를 마련하기 힘든 것처럼 보였다.

그러나 청현자는 미리 예상이라도 한 듯 추송자의 논리를 깨뜨려 버렸다.

"그리 따진다면 화산도 그리 자유롭지 못할 것이오. 칠십 년 전 화산이 녹림십팔채의 공격을 받고 휘청이던 때를 잊으셨소? 그때 화산은 문파의 존망이 위태로울 만큼 어려웠는 데도 우리 점창은 그대들의 자격을 운운하지 않았소. 묻겠소. 일개 도적들의 공격조차 제대로 막아내지 못하던 화산이 과연 자격이 있었다고 생각하시오?"

"닥치시오!"

"당신들 화산이 몇몇 문파와 손을 잡고 점창을 끌어내렸다는 것을 우리는 너무나 잘 알고 있소. 점창을 끌어내리고 다른 문파를 내세운 이유가 화산의 이익을 위해서였다는 것은 세상 사람들이 다 아는 사실이오. 다른 구차한 이유들을 아무리 들이대도 그러한 사실이 있는 한 점창의 구룡 회복은 당연한 사실이 되어야 하오."

"흥, 있지도 않은 사실을 마치 있었던 일로 치부하며 궤변을 펼치는구려. 다시 말하지만 점창이 구룡에서 탈락한 것은 자격의 문제였소. 그 당시 점창은 무림의 안위가 아니라 자신들의 안위조차 돌보지 못했던 문파였다는 걸 인정해야 할 거요. 점창 대신 구룡에 오른 모산파를 생각해 보시오. 모산파는 천하에서 가장 강하다는 신주십강에 오를 만큼 강력한 문파요. 점창보다는 모산파가 구룡에 어울렸다는 건 삼척동자도 아는 사실이오."

"재밌는 말을 하는구려. 그렇다면 현재의 점창은 어떠하오?"

"무슨 소리요?"

"운호와 운상, 운여는 일어서라!"

"예, 장문인."

추송자의 반문에 청현자가 마지막 줄에 앉아 있던 운호 일행을 불렀다.

가슴이 터질 듯한 분노를 느끼면서도 함부로 나서지 못한 것은 존장들의 대화를 중간에 가로막아서는 안 되었기 때문이었다.

청현자는 운호 일행이 일어서자 추송자를 향해 날카로운 시선을 던졌다.

"저기 가운데 선 아이가 마검이오. 그리고 양쪽으로 팔비검과 무풍검이라 불리는 제자들이오."

장문인의 말이 무슨 뜻인지 즉각 알아챈 운호가 먼저 내력을 풀어 산악을 무너뜨릴 것 같은 기세를 추송자에게 쏘아 보내자 뒤이어 운상과 운여의 현천기공이 합세했다.

운호의 기세만 가지고도 감당이 안 되는 마당에 두 사람의 현천기공이 합해지자 추송자의 신형이 의자와 함께 반 보쯤 밀려났다.

무려 오 장을 격하고 벌어진 현상이었으니 진정 믿을 수 없는 일이었다.

화산의 무인들이 모두 자리를 박차고 일어섰으나 이미 운호 일행은 무력시위를 끝내고 기세를 걷어들인 후였다.

"저 아이들이 무림백대고수에 포함되는 귀왕과 마창 등 여섯을 쓰러뜨렸다는 소문은 아마 들어보셨을 게요. 무림동도들은 저들 중 마검을 무천십제와 같은 반열에 올려놓았는데 어찌 우리가 모산파보다 못하단 말이오. 이미 오래전 우리가 삼십팔세에 포함된 칠절문을 일방적으로 깨뜨렸다는 것을 잘 아실 게요. 한 번만 더 자격 운운한다면 이제는 우리가… 화산의 자격을 묻겠소."

추송자는 청현자의 행동을 보면서 쓴웃음을 지었다.

반쯤 밀렸던 의자를 바로 하고 다시 원위치로 돌아온 그는 청현자의 날카로운 시선을 맞받으며 한 치의 흔들림도 보이지 않았다.

어리석은 짓이다.

그까짓 무력시위에 위협을 받을 정도로 화산이 어리숙하게 보였단 말인가.

물론 무천십제 중의 일인인 사형 신검제가 자리를 같이하지 않았고 백대고수에 들어 있는 사제 청천검 추명자도 다른 일 때문에 오지 못했다.

그럼에도 전혀 두렵지 않다.

점창이 구룡 복원을 위해 몸부림칠 걸 뻔히 알면서도 문의 주력을 대동하지 않은 것은 그럴 이유가 없기 때문이었다.

어차피 점창의 구룡 복원은 참석한 문파의 투표로 결정되는 것이지 무력으로 결정되는 건 아니었다.

만약 점창이 구룡 복원이 안 되어 미친 짓을 해도 충분히 잠재울 수 있었다.

자신들과 함께하는 공동과 종남이 있고 모산파가 있으니 점창은 혼자서는 상대가 되지 않는다.

더군다나 분란이 일어나게 되면 소림에서 그냥 두고 보지 않을 것이 분명했다.

천하에서 가장 강하다는 신주십강에는 구룡 중에서 넷이 포함되어 있었다.

소림과 화산, 무당과 모산파가 그들이었다.

요즘 들어 점창의 힘이 급격하게 강해졌다고는 하나 구룡 전체를 향해 도발한다는 것은 말도 안 되는 일이었다.

그랬기에 웃을 수 있었다.

어린애 장난하는 것처럼 가소롭게 행동하는 청현자를 보며 그는 웃음을 멈추지 않은 채 날이 선 음성을 뱉어냈다.

"감히 제자들을 부려 타문의 존장을 욕보이다니 이것이 무슨 짓이란 말이오. 진정 어처구니없구려."

"자격을 원했기에 단지 보여주었을 뿐이오."

피하지 않는 시선.

그토록 부드럽고 여유 있던 청현자가 팽팽하게 추송자를 노려봤다.

절대 밀리지 않겠다는 자세였다.

하지만 그러한 청현자의 태도는 공동과 종남 장문인들의 반발을 불러일으켰다.

특히 종남 장문인 혜령자는 마치 자기가 당한 일인 것처럼 얼굴을 붉히며 소리를 질렀다.

"그런 자격은 자격이 아니오. 성스러운 구룡 회합에서 일개 제자가 타 문파의 존장을 억압하는 일이 발생했으니 이를 어찌 그냥 넘긴단 말이오!"

"맞는 말씀이오. 점창은 먼저 화산 장문인께 사과를 해야 될 것이오."

혜령자에 이어 공동의 송곡자가 거칠게 항의를 하자 그렇지 않아도 웅성대던 장내가 소란스럽게 변했다.

거의 모든 소란스러움은 점창의 행사를 비난하는 소리들이었다.

그런 와중에도 모산파의 장문인 무검제는 탁자에 손을 올려놓은 채 느긋한 자세로 돌아가는 상황을 지켜보기만 했다.

마치 어린아이들 노는 모습을 지켜보는 어른의 모습처럼 보일 지경이었다.

그는 여기로 오기 전, 화산파가 보내온 장로를 만난 적이 있었다.

자파의 이익이 아니라고 우겼지만 화산파가 점창을 밀어내고 모산파를 구룡에 세운 것은 엄청난 이득이 달려 있기 때문이었다.

누이 좋고 매부 좋은 일이다.

화산파만 좋다면 무엇하러 모산파가 들러리를 서겠는가.

구룡에 올라선다는 것이 모산파에게도 커다란 이득이 발생하는 것이었기 때문에 화산파의 도움을 고스란히 받아들였다.

그런데 웃긴 건 화산파의 행동이었다.

도움을 줬다는 생색을 내기 위함인지 화산은 마치 모산파가 수하라도 되는 양 자신들의 의견을 강요했다.

웃긴 일이지만 그렇다고 거부하지도 않았다.

어차피 점창이 구룡 복원이 되든 안 되든 모산파와는 상관없는 일이 된다.

점창의 구룡 복원이 결정되면 나머지 문파 중 하나가 자연스럽게 탈락할 수밖에 없는데, 그것은 아미나 곤륜이 될 가능성이 컸다.

그것이 함정이다.

그의 판단으로 점창은 곤륜이나 청성이 자신들의 편을 들어줄 것이라 생각하고 있겠지만 분명 투표를 하게 되면 전혀 예상치 못했던 결과가 나올 게 분명했다.

관심 없는 일에 앉아서 시간을 보내는 것처럼 따분한 일이 없다.

그랬기에 주변을 둘러보다가 마검을 바라보았다.

아직도 새파랗게 어린놈이 십제의 반열에 거론된다는 건 진정 가소로운 일이었다.

강호의 소문대로 그가 백대고수에 속한 자들을 여섯이나 척살했다고 해도 마찬가지였다.

무천십제의 명성은 중천의 태양처럼 뜨거운 것이었다.

함부로 거론되서는 안 되는 무적의 고수들이 바로 무천십제란 말이다.

또다시 소란스러움을 멈춘 것은 소림의 뇌인 대사였다.

회의를 시작하면서 충분히 예상했던 일이고 상황은 그가 생각한 대로 흘러갔다.

점창의 억울함을 알지만 그들의 복원은 불가능에 가깝다고 봐야 했다.

화산의 동맹에 서 있는 종남과 공동, 그리고 모산파는 벌써 투표수의 과반을 차지했고 나머지 문파들의 눈치도 이상했다.

나름대로 점창과 긴밀한 관계를 맺고 있다던 청성이나 곤륜은 입을 굳게 닫은 채 침묵을 지켰다.

이를 갈고 문파의 중흥을 위해 피나는 노력을 했을 것이다.

칠절문의 야욕을 단박에 때려 부수고 청문자와 청무자가 백대고수의 반열에 들어선 지 이 년 만에 마검과 팔비검, 무풍검 같은 고수들을 길러내었으니 대단한 집념이라고 인정할 만했다.

하지만 무림의 세계는 그리 간단하거나 녹록한 것이 아니었다.

누군가에게는 간절한 염원일지 몰라도 다른 이들에게는 그렇지 않은 경우가 훨씬 많다.

점창이 복원된다는 것은 누군가가 다시 탈락되어야 한다는 것을 의미하는 것이었다.

그 당사자가 누구든 절대 용납할 수 없는 일이 될 테니 점창의 구룡 복원을 환영하는 문파가 없는 건 당연한 사실이다.

그랬기에 애초부터 점창의 구룡 복원은 불가능에 가까운 일이었다.

중인들의 소란을 잠재우고 뇌인 대사는 지체 없이 점창의 구룡 복원 요청을 투표로 결정하겠다는 선언을 해버렸다.

날은 이미 어둑해졌고 천왕성의 음모를 막아내기 위해서는 해야 할 일이 산더미처럼 많았다.

안타까운 일이었으나 언제까지 점창의 구룡 복원 요청 때문에 시간을 보낼 수는 없었다.

잠시의 시간이 지나고 가부를 묻는 투표가 진행된 후 나온 결과는 예상을 뛰어넘어 어이가 없을 지경이었다.

투표권이 없는 점창을 제외하고 오직 청성만이 복원에 찬성했을 뿐이었다.

일방적인 결과.

점창 무인들이 분분히 자리에서 일어선 것은 결과에 승복

하지 못했기 때문일 것이다.

그러나 뇌인 대사는 결과를 발표하고 지그시 점창 무인들을 응시하기만 했다.

이미 나온 결과는 번복이 불가능했으니 그저 점창 무인들을 달래주는 것만이 그가 할 수 있는 전부였다.

떨어지지 않는 입을 열어 위로의 말을 꺼내려고 할 때 뒤쪽에 배석해 있다가 울분을 터뜨리며 일어선 점창 무인들과 다르게 침묵을 지키던 청현자가 뒤늦게 자리에서 일어서며 광소를 터뜨렸다.

그의 웃음은 처연하면서도 슬픔과 분노가 가득 들어 있어 듣는 사람의 심장을 후벼 파고 있었다.

끊어질 듯 이어지며 계속되던 웃음이 끝났을 때 청현자의 눈은 시뻘겋게 충혈되어 금방이라도 피가 흘러내릴 것 같았다.

"그 옛날 천왕성의 무림 침공으로 천하가 어지러울 때 점창은 운남의 길목에서 문파의 운명을 걸고 홀로 일어나 그들의 야욕을 막은 적이 있었다. 그때 구룡은 스스로를 낮추고 황금 패를 만들어 바치며 점창이 무림의 태두임을 인정했었다. 그것은… 무력에 대한 굴종이 아니라 무림을 위해 스스로를 희생한 점창의 위대한 정신을 추앙하기 위함이었으니 누구의 강요도 없었던 무림의 의리였다. 그런데 오늘 점창은 무림의 중심이라는 구룡의 배신으로 심장이 찢겨지는 고통을 맛보게 되는구나. 자격이 없어 구룡에서 쫓아냈다고 했느냐? 홀로 천하를 구하기 위해 전 문도가 죽음으로 맞선 점창은 선조들이 몰살되면서 백이십 년 동안 힘들고 괴로운 세월을 보냈다. 비기들을 잃어버려 무파의 자존심은 땅바닥으로 처박혔고 문하인들의 수는 차츰 줄어들어 문파의 명맥을 이어가는 것조차 힘들었다. 그렇게 힘든 세월을 보낸 점창에게 이렇게까지 해야 한단 말이냐. 나는 그 옛날 구룡이 보여주었던 의리를 치맛자락처럼 걷어내고 점창을 향해 비수를 들이대던 칠 년 전 그날 이후, 오늘만을 기다리며 지옥같이 힘든 삶을 살아왔다. 그런데… 당신들은… 당신들은 오늘마저 끊임없는 치욕을 점창에게 안겨주는구나. 크하하하!"

청현자의 입에서 또다시 광소가 터진 것과 검이 뽑힌 것은 동시에 벌어진 일이었다.

파악!

검이 휘둘러졌고 곧이어 청현자의 왼팔이 팔꿈치에서 끊기며 소림 방장의 앞에 툭 하고 떨어졌다.

놀란 운풍이 단숨에 오 장을 격하고 날아와 땅바닥에 떨어진 팔을 감싸 안았으나 청현자는 그런 그를 향해 일갈을 날렸다.

"운풍!"

"장문인, 이런 일을… 어인 일이시옵니까!"

"이 팔은 여기 소림에 남긴다. 선열들께 지은 죄를 내 한

팔로 속죄하고자 함이니 너는 내 뜻을 거역하지 말라."

"아니 되옵니다!"

운풍의 음성은 피를 토해내는 것 같았다.

그러나 청현자는 운풍의 행동을 제지한 후 곧바로 좌중에 앉아 있는 구룡의 장문인들을 하나씩 천천히 노려보았다.

그런 후 마지막으로 화산 장문인 추송자를 향해 강렬한 시선을 던지며 가슴속에서 흘러나오는 음성을 토해냈다.

"천왕성과의 싸움에서 반드시 살아남으라. 그리하면 나중에 우리 점창이 너희 구룡을 하나씩… 하나씩 만나러 갈 것이다. 그때 우리가 흘린 이 피눈물을 반드시 갚아주마!"

8장

점창으로 가는 길

　팔이 잘린 고통은 아무리 강한 정신력과 무력을 지녔다 해도 견디기 힘든 것이었다.

　그럼에도 청현자는 마지막까지 당당하게 울분을 토해내고 소림의 산문을 나선 후에야 운상의 부축을 받았다.

　응급조치를 취했지만 그대로 방치하기에는 너무 커다란 상처였기 때문에 등봉(登封)까지 전력으로 움직여 의방을 찾아야 했다.

　일행은 이를 악물고 아무런 말도 하지 않았다.

　억울했고 분했지만 점창 무인들은 등봉까지 오는 동안 한 마디도 꺼내지 않고 그저 신형을 날렸을 뿐이었다.

청무자와 청문자의 표정은 가면을 씌워놓은 것처럼 창백하게 변해 있었고, 장문제자인 운풍은 청현자의 곁을 지키며 움직이지 않았다.

구룡이 보여준 배신보다 더욱 그들을 괴롭히고 있는 것은 마지막 죽어가는 순간까지 간절하게 구룡 복원을 원하던 청허 사형의 소원을 들어주지 못했다는 미안함이었다.

점창의 명예를 면면히 지탱해 온 조사님들에게도 면목이 없었으나 아버지처럼 의지했던 청허 사형의 원을 들어주지 못했다는 죄책감은 그들을 고통 속으로 몰아넣기에 충분한 것이었다.

청현자의 명에 의해 점창 무인들이 한자리에 모인 것은 의원의 치료가 끝이 난 후였다.

거의 두 시진에 가까운 수술 끝에 붕대로 칭칭 감은 청현자의 왼쪽 팔은 반만 남아 있어 점창의 처지를 연상시켰다.

하얗게 질린 얼굴.

두 시진 동안 수술을 하면서 겪은 심신의 고통은 청현자의 얼굴에서 핏빛을 빼앗아 분칠을 해놓은 것처럼 보이도록 만들었다.

그럼에도 그의 눈은 소림에서 보여주었던 혈안에서 벗어나 어느새 침착하게 가라앉아 있었다.

"두 분 사형께 못난 모습을 보여 드렸습니다."

"장문인의 심정을 모르는 바가 아니나 팔까지 자르다니 너무하셨소. 우린 어찌하라고 그렇게까지 하신 게요!"

"그들에게 점창의 의지를 보여주고 싶었습니다. 그러하니 그만 노여움을 푸시지요."

"끄응!"

청무자와 청문자의 입에서 무거운 한숨이 흘러나왔다.

점창을 책임지고 있는 장문인이지만 사적으로는 사제이기도 했다.

어릴 적부터 데리고 다니며 도관에서 지내야 할 규정과 규칙을 가르쳤고 사문의 기본공인 유운검법을 같이 익히며 울고 웃기도 많이 한 사이였다.

청현자는 청자배의 막내 사제로서 청문자와도 세 살이나 차이가 난다.

그랬기에 대사형이던 청허자부터 청문자까지 청현자를 아들처럼, 또는 막냇동생처럼 알뜰히 살피고 보살폈었다.

그런 청현자가 점창을 대표해서 팔을 잘랐을 때의 심정은 자신의 팔이 잘린 것보다 훨씬 고통스럽고 아픈 것이었다.

대신하지 못했다는 미안함.

그 미안함에 두 사람은 청현자의 창백하게 질린 얼굴을 대하는 것이 너무나 힘들었다.

그럼에도 그들은 점창의 최고 배분 어른들이었으니 그 미안함을 숨기고 사태를 수습하기 위해 청현자의 눈을 힘겹게 바라보았다.

청무자가 입을 연 것은 어른들의 대화를 들으며 운풍을 비롯한 제자들이 모두 침통한 표정을 지은 채 눈물을 글썽일 때였다.

"그래, 이제 어쩌실 요량이오?"

"점창으로 돌아가야지요."

"하면?"

"우리 점창은 무림에 커다란 은혜를 베풀었지만 끝내 이런 냉대를 당했습니다. 그러니 이번에는 옛날처럼 움직이지 않을 생각입니다."

"무림첩에 응하지 않겠다는 뜻이오?"

"그럴 것입니다."

"…음."

청현자의 단호한 대답에 장로들의 입에서 동시에 무거운 신음 소리가 흘러나왔다.

무림첩에 응하지 않는다는 것은 천왕성과의 싸움에 참전하지 않겠다는 뜻이 되기 때문이었다.

유구한 역사를 자랑하는 명문 점창이 굴종을 요구하는 세력과의 싸움을 포기한다는 건 쉬운 일이 아니었다.

그런 측면에서 봤을 때 청현자의 결정은 받아들이기 어려운 것이었다.

물론 그들도 안다.

그 옛날 점창 홀로 일어나 무림을 구하면서 겪어야 했던 괴로움과 슬픔들에 대하여.

오늘 벌어진 이 치욕도 그런 행동으로 인한 것이니 어찌 청현자의 뜻을 모르겠는가.

하지만 의와 협을 가슴에 품고 살아온 점창이 비겁하게 물러서서 움직이는 것 또한 마땅치 않은 일이었다.

사형들의 반응이 무거웠기 때문이었을까.

청현자는 입을 열어 자신의 생각을 다시 꺼냈다.

"싸우지 않겠다는 뜻이 아닙니다."

"그럼요?"

"과거처럼 문파의 명운을 걸지 않겠다는 것입니다. 무림첩에 의해 움직이면 점창은 그 옛날처럼 수많은 목숨을 바친 후 또다시 뒤편에 서서 편히 위기를 넘긴 자들에게 업신여김을 당하게 될지 모릅니다. 저는… 그렇게 하지 않겠다는 것입니다."

"어쩌실 생각이시오?"

"무림첩이 배포되고 무림맹이 결성되어 천왕성과의 일전이 벌어지게 되면 풍운대만 내려보낼 생각입니다."

"풍운대만 참전시킨다는 말입니까?"

"참전이 아니라 천왕성 격파에 일조를 하겠다는 뜻입니다. 점창의 명예를 내려놓을 수는 없으니 풍운대를 내려보내 적들의 약점을 공략하면 무림맹에 커다란 보탬이 될 것입니다."

"가만히 생각해 보니 좋은 생각인 것 같구려. 실리와 명예란 두 마리 토끼를 한꺼번에 잡을 수 있는 묘책 중의 묘책이오."

청무자와 청문자가 동시에 자신의 무릎을 치며 감탄을 터뜨렸다.

자신의 팔을 직접 검으로 자를 만큼 격분했기 때문에 이성을 잃지 않았나 걱정까지 했는데 청현자는 그동안 보여주었던 현명함을 여전히 간직하고 있었다.

점창삼신룡이 포함되어 있는 풍운대의 전력은 웬만한 문파보다 훨씬 강력한 힘을 가지고 있었다.

풍운대가 독립부대로 움직이며 천왕성의 예하 세력들을 격파하고 주요 거점들을 파괴한다면 전쟁을 수행하는 무림맹입장에서는 쌍수를 들고 환영할 일일 것이었다.

그러나 청현자는 사형들의 반응을 보면서 얼굴에 한 올의 웃음기도 떠올리지 않았다.

그의 얼굴은 여전히 핏빛을 잃었고 눈은 한없이 차갑게 가라앉아 있었다.

"그들에게 한 점창의 맹세를 저는 기필코 지킬 것입니다."

"뭘 말이오?"

"천왕성과의 일전이 끝나고 나면 점창이 구룡을 하나씩 찾아가겠다는 약속 말입니다."

"끓릴 생각이오?"

"필요하다면 그렇게라도 할 것입니다. 구룡에게 힘의 자격이 어떤 것인지 보여줄 수만 있다면 저는 어떤 짓이라도 할 생각입니다."

"좋소. 나도 간절히 원하던 바였소. 장문인의 뜻이 무엇인지 명확하게 알았으니 그리될 수 있도록 최선을 다해 돕겠소."

그녀가 객잔으로 찾아온 것은 등봉으로 들어와 하루를 보냈을 때였다.

워낙 위중한 상처였기에 청현자는 의방에서 최소 오 일은 머물러야 되는 상황이라 장로들을 뺀 나머지는 객잔으로 숙소를 옮겨온 상태였다.

거짓말처럼 나타난 그녀는 조용히 객잔으로 들어와 식사를 하고 있던 운호를 향해 다가왔다.

옆에는 운상과 운여가 같이 있었는데, 그들은 당운영이 다가오자 놀란 눈을 한 채 움직이지 못했다.

"할 말 있어서 왔어요. 잠깐 시간을 내주세요."

눈으로만 인사를 한 당운영이 운호를 바라보며 말했다.

그녀의 눈은 오직 운호만을 담았는데, 음성은 가늘고 떨렸다.

천천히 일어났다.

한순간 모든 것이 사라져 버렸다.

장문인에 대한 걱정도, 무림 안위도, 점창의 처지마저 머릿속에서 지워져 버렸고 오직 슬픔에 젖은 그녀의 눈만이 들어왔다.

그녀를 따라 말없이 걸어 저잣거리에 있는 차가(茶家)로 들어섰다.

차가에는 손님이 없었는데, 두 사람이 창가에 앉자 염소수염을 매단 주인이 다가와 주문을 받아갔다.

"놀랐나요?"

"그렇소. 나를 어떻게 찾은 거요?"

"한설아 소저를 따라왔어요. 소림으로 올라가기에 무작정 기다렸어요. 오라버니가 내려올 때까지."

한마디로 모든 상황이 추정되었다.

그녀는 자신을 찾아내는 데 가장 효율적인 방법이 한설아를 미행하는 것이라 판단했을 것이고 우연찮게 그 판단이 들어맞아 자신을 찾아낸 게 분명했다.

그렇다면 위험하다.

그녀가 자신을 찾아냈다는 것은 어떤 식으로든 천왕성도 자신을 찾아낼 수 있다는 걸 의미하는 것이었다.

물론 예전과 다르게 상황이 급변했기 때문에 천왕성이 자신을 계속해서 추적한다고 확신할 수는 없지만 누군가 당운영을 쫓아왔다면 행적이 노출되었다고 봐야 했다.

그럼에도 운호는 아무런 말을 하지 않고 그녀를 보았다.

그녀는 옛날 자신을 사랑했던 그때처럼 아련한 눈으로 자신을 바라보고 있었다.

궁금했다.

그녀의 눈은 쌍류에서도 그랬고 지금도 마찬가지였다.

다른 사내의 여자가 되었고 오랜 세월 동안 서로를 잊으며 살아왔는데 여전히 같은 눈으로 자신을 바라보는 그녀의 눈을 확인하자 강렬한 의문이 들었다.

"힘든 걸음을 했구려. 그래, 무슨 일로 온 것이오?"

"대답을 듣고 싶어서 왔어요."

"무슨 대답을……."

운호가 말을 흐렸다.

그녀의 눈에서 그녀가 했던 마지막 질문이 떠올랐기 때문이었다.

정말… 한설아를 사랑하느냐는 물음 말이다.

하지만 그녀의 입에서 나온 것은 그것이 아니었다.

"장안평에서 헤어진 후 혼인식이 있던 그날까지 오라버니가 오기를 가슴 졸이며 한없이 기다렸어요. 오라버니가 날 사랑한다며 같이 떠나자는 말을 해준다면 세상 끝까지 따라갈 생각으로… 나는 오라버니가 날 사랑한다고 생각했기 때문에 반드시 와줄 거라고 믿으며 긴긴밤을 지새웠어요."

"나는… 나는……."

"알아요. 왔었다는 것. 나중에서야 혜아가 말해주더군요."

"그녀는 당신이 자발적으로 혼인에 동의했다고 말했소. 그런데… 그게 아니었단 말이요!"

"가문에서는 나에게……."

당운영은 낮은 목소리로 남의 이야기를 하듯 그동안의 일들을 이야기했다.

가문에서 그녀에게 했던 강요는 홀로 감당하기에는 너무나 큰 것이었다.

더군다나 산으로 돌아간 운호는 이 년 동안 아무런 연락조차 해오지 않았기 때문에 그녀가 겪은 고통이 이루 말할 수 없을 정도였다는 것을 담담하게 말하며 끝내 견디지 못하고 혼인을 선택한 자신을 탓했다.

진정으로 사랑했다면 견디고 버텨냈어야 했으나 마지막까지 그렇게 못 한 것을 미안해하며 결국 그녀는 이슬 같은 눈물을 흘려냈다.

혼인 후에야 풍검문의 불손한 의도를 알게 되었고 석천이 자신에게 보였던 호의가 목적을 달성하기 위한 가식이었다는 걸 이야기하며 한 번도 그에게 마음을 주지 않았다는 고백을 했다.

어느 한순간조차 변하지 않았던 운호에 대한 자신의 사랑이야기를 풀어놓으며 언제나 그리워했음을 이야기했다.

피하지 않는 눈.

그 눈에 담겨 있는 건 사랑을 근간으로 한 용기였다.

운호는 그녀의 이야기를 들으며 가슴이 찢어지는 것과 같은 아픔을 느꼈다.

처음으로 세상에 나와 인연을 맺었고 별들이 쏟아지는 하늘 밑에서 두 손을 잡은 채 사랑의 밀어를 속삭였던 여인이었다.

목숨마저 줄 수 있었던 사람.

자신의 실수로 인해 원하지 않았던 혼인을 선택했고 긴긴 고통 속에서 오랜 세월을 살아야 했으니 미안해할 것은 그녀가 아니라 자신이어야 했다.

눈이 뿌옇게 아려와 제대로 뜰 수 없었다.

울어본 것이 언제인지 기억도 나지 않는데 그녀의 담담한 고백을 듣자 눈물이 새어 나오고 있었다.

목이 메었다. 그리고 그녀가 너무 불쌍해서 아무런 말도 할 수 없었다.

침묵 속에서 그들은 고개를 들지 않았다.

운호를 사랑한다며 부끄러운 고백을 한 후 잠시 눈을 감았던 그녀의 입에서 지금까지와는 다르게 떨리는 음성이 울려 나온 것은 숙였던 고개를 들며 운호가 뭐라 입을 열 때였다.

"오라버니한테 듣고 싶었어요. 다시 나를… 사랑해 줄 수 있는지를……."

그녀가 물은 것은 다른 누구의 것도 아니고 스스로의 사랑에 관한 것뿐이었다.

만일 한설아를 사랑하느냐 물었다면 그렇다고 대답했을 텐데 그녀는 오직 자신에 대한 사랑만을 이야기하고 있었다.

천천히 손을 들어 그녀의 눈물을 닦아주었다.

손끝에 다가오는 그녀의 얼굴.

예전에 만졌던 그대로의 눈이었고 코였으며 입이었다.

하나씩 정성스럽게 만져 주다가 그녀를 가만히 끌어안으며 눈을 바라보았다.

그녀의 질문에 대답해 주지 않을 생각이었다.

말로 하기에는 너무나 가슴 아팠고 자신의 마음을 전달하기에도 부족했다.

얼마나 오랜 세월을 고통 속에서 살아왔을까.

그 모든 것이 자신으로 인한 것이었으니 지금부터라도 그녀를 책임지고 싶었다.

고개를 숙여 눈물로 얼룩진 그녀의 입술을 가졌다.

그녀의 입술은 눈물에 젖어 조금 짜게 느껴졌으나 곧 세상의 어떤 과일보다 부드럽고 달콤했다.

말로 하지 않아도 알 수 있고 느낄 수 있는 것이 있다.

굳이 입에 올리지 않아도 가슴으로 알 수 있는 것.

그것이 바로 사랑이다.

운호는 그녀를 조심스럽게 돌려보내며 본가로 돌아가 움직이지 말라고 부탁했다.

조만간 천하의 무림 정세가 급변할 테니 섣불리 움직이면 위험하다는 사실을 거듭 강조하면서 몸을 보중해 달라고 말했다.

그녀는 운호의 말을 들었지만 꿈속을 헤매고 있는 것 같았다.

그저 고개를 끄덕였을 뿐 아직도 그녀는 운호의 입술의 감촉을 놓치지 못하고 고개를 들지 못했다.

그녀의 마음을 모르는 것이 아니었으나 다시 한 번 강조해야 했다.

이제 다시는 슬픈 이별은 하기 싫었다.

그랬기에 그녀의 고개를 손을 내밀어 조심스럽게 올린 후 시선을 맞추었다.

"운영, 돌아가 기다려. 무림이 안정되고 사문의 일이 끝나게 되면 꼭 데리러 갈게. 이제 아프게 만들지 않을 거야. 그러니 조금 늦더라도 기다려 줘. 알았지?"

그녀를 돌려보낸 운호는 한동안 제자리에 멈춰 서서 움직이지 않았다.

사랑하는 사람을 또다시 기약 없이 보낸다는 것은 절대 하고 싶지 않은 것이었으나 사문은 비수에 찔려 휘청거리는 중이었고 무림은 어둠의 세력으로 인해 존망이 위태로웠다.

해야 할 일이 남아 있었고 그것은 사랑 못지않게 중요한 것들이었다.

한동안 그녀의 뒷모습을 바라보다 힘겹게 되돌아서서 객잔으로 돌아왔다.

마음은 무거웠고 발걸음도 마찬가지였다.

두 여인의 사랑. 두 개의 마음. 그리고 두 개의 미안함.

당운영과 약속을 하면서도 한설아에게 한없는 미안함을 느낄 수밖에 없었다.

일부다처가 비일비재한 시대였지만 사랑을 다른 누군가와 나눈다는 건 여자로서 슬픈 일이 분명했다.

그럼에도 어쩔 수 없었다.

당운영에 대한 사랑과 미안함은 그를 향한 그녀의 사랑을 대하면서 감당할 수 없을 정도로 커져 있었으니 운명에게 모든 것을 맡길 생각이었다.

청현자가 아픈 몸을 이끌고 객잔에 나타난 것은 그로부터 이틀이 지난 후였다.

다행스럽게도 당운영이 떠난 후에도 천왕성은 아무런 움직임이 없었는데, 운호는 차마 그녀가 왔었다는 사실을 어른들께 보고하지 못했다.

운호가 입을 열지 않는 이상 운상과 운여 역시 입을 열 리 없었기 때문에 그녀가 왔었다는 사실은 어느새 비밀로 변해 있었다.

신응은 빠르게 움직이며 수시로 무림 정세를 알려왔다.

점창이 성세를 회복하면서 가장 먼저 한 것은 신응의 정보력을 보충하는 것이었는데, 이전에 비해서 숫자도 배는 많아졌고 거점도 세 배 이상 늘린 상태였기 때문에 과거에 비해 정보의 수집과 분석 능력은 훨씬 강화되어 있었다.

신응의 정보에 따르면 그들이 등봉(登封)에서 머무는 동안 구룡은 무림첩을 돌려 천왕성의 야욕을 만천하에 알리며 지금 벌어지고 있는 싸움을 멈추도록 종용하는 중이었다.

무림첩이 날았다는 것은 무림 정세의 급변을 알려주는 것이었다.

아직 상처를 치료하지 못한 청현자가 아픈 몸을 이끌고 장로들과 함께 객잔에 나타난 것은 바로 그런 이유 때문이었다.

움직일 정도가 되었으니 힘들더라도 점창으로 돌아가야 했다.

천하 정세의 핵심은 곧 하남으로 변할 테니 하루라도 빨리 이곳에서 벗어날 필요성이 있었다.

돌아간다. 그리고 움직이지 않는다.

그들을 팽시킨 구룡이 허리를 숙이고 천하를 구해달라는 부탁을 해올 때까지 점창은 움직이지 않을 생각이었다.

의와 협.

천하를 구하기 위해 홀로 일어서서 의와 협을 만천하에 내보인 점창은 명예를 얻은 대신 나락으로 떨어지는 실패를 맛보고 말았다.

그나마 얻었던 명예도 시간이 지나면서 퇴색되고 퇴색되어 업신여김을 당할 지경이었으니 점창이 보여준 의와 협은 독불장군이 보여준 만용이나 다름없는 결과를 나타냈다.

다시는 그런 어리석음을 범하지 않을 테다.

무엇이 옳고 무엇이 그른가의 문제가 아니었다.

무인으로서의 삶은 언제나 힘의 균형에 의해 그 위치와 대우가 다르게 된다는 것을 뒤늦게 알았을 뿐이다.

철혈문주 막수문은 천천히 구부렸던 허리를 폈다.

호패왕 막수문.

선대로부터 물려받은 철혈문을 통치하며 삼십 년의 세월을 보낸 철혈의 강자.

비록 어느 날 갑자기 나타나 파죽지세의 기세로 귀주를 장악한 천검회에 의해 북부로 밀려났으나 신주십강에 포함된 천검회에 맞서 끝까지 귀주를 양분하며 버틸 수 있었던 것은 그의 타고난 배짱과 무력, 그리고 수하들의 전폭적인 지지가 있었기 때문이었다.

한번 내 사람이면 죽음을 같이한다는 마음으로 무한한 신뢰를 보내주는 호패왕을 향해 철혈문의 무인들은 죽음을 맹세한 충성으로 대답을 했다.

천천히 일어난 그의 전신은 상처로 가득 뒤덮여 있었다.

벌써 보름에 가까운 대접전이 벌어지는 중이었다.

그동안 국지전과 공방전을 벌여오던 천검회는 전 전선에 걸쳐 진격전을 펼쳐와 막대한 손실을 입을 수밖에 없었다.

일방적인 패배는 아니었으나 마치 밀알이 자루에서 하나씩 빠져나가는 것처럼 미세하게 밀리던 전선들은 차츰 중요 거점을 하나씩 잃으며 이제 와서는 마지막 보루인 동인만이 남았을 뿐이었다.

두 번의 패배와 한 번의 승리.

싸움의 양상은 언제나 이 모양이었다.

천검회에 비해서 병력의 손실이 눈덩이처럼 불어나며 거점들을 모두 뺏기고 동인에 배수진을 쳤을 때 호패왕이 이끄는 병력은 모두 합해 이백에 불과했다.

천검회는 삼로의 진격을 감행해 왔고 동맹 세력들에게 동시다발적인 공격을 요청함으로써 아군의 지원을 근본적으로 틀어막았다.

하지만 그것이 원인의 다는 아니었다.

소림사에서 전갈이 온 것은 오 일 전의 일이었다.

천왕성의 음모를 무림에 공표하면서 그들의 예하 세력들이 전쟁을 일으켜 무림을 혼란 속에 빠뜨리고 있으니 싸움을 중지한 후 뒤로 물러나라는 내용이었다.

천왕성의 예하 세력으로 추측되는 단체도 거론되어 있었다. 바로 그들을 공격하고 있는 천검회와 수라맹, 천문이다.

청당전과 안휘전에도 몇 개의 문파들이 의심되는 것으로

쓰여 있었으나 중요한 것은 자신들을 공격하고 있는 세력들이 대거 포함되어 있다는 것이었다.

구룡은 언제인지 기억하지 못할 정도로 오래전부터 무림의 중심이었다.

수많은 강력한 신생 문파가 생성되고 소멸되었지만 오직 그들만은 면면히 전통을 이어오며 무림을 지켰다.

구룡이 지닌 힘의 원천. 바로 전통이다.

구룡의 이름으로 무림에 내려진 첩은 막강한 위력을 발휘해서 천검회 측에 섰던 문파들을 대거 이탈시키는 계기를 마련했다.

신마문, 철기맹, 죽문이 무림첩을 수신하자마자 공격을 중지하고 자신들의 근거지로 후퇴한 것은 그런 이유 때문이었다.

하지만 무림첩이 떨어졌을 때 이미 혈검쟁투에 참여했던 문파들은 처참하게 찢겨져서 씻어낼 수 없는 상처를 입을 대로 입은 상태였다.

거의 보름 동안 펼쳐졌던 전면전은 그들의 전력을 반 이상 소모시켰고 서로 간의 원한을 증폭시킬 대로 증폭시켰다.

처음에는 문파의 이익 때문에 참여했으나 전쟁이 지속될수록 상대에 대한 원한과 분노가 쌓여갔으니 그들의 검은 언제든 다시 뽑혀 나올 가능성이 있었다.

전선이 급속도로 악화되기 시작한 건 무림첩이 발동되기

오 일 전부터였다.

천검회 측에서는 세 개의 문파가 빠져나갔으나 철혈문 측은 파한문, 제천문을 비롯해서 다섯 개의 문파가 전선에서 한꺼번에 이탈했다.

천왕성의 예하 세력이라고 추정되는 천검회와 천문, 수라맹이 고스란히 남아 있는 상태에서 철혈문 측은 오직 호패왕의 의동생 천파도 육만호가 이끄는 패도문만이 남아 버티는 상황으로 변했다.

후퇴하고 싶었으나 동인은 철혈문이 지닌 마지막 근거지였다.

동인까지 뺏긴다는 건 집안을 통째로 말아먹었다는 것과 다름이 없는 것이었다.

아무것도 남지 않는다면 무엇을 위해 싸운단 말인가.

무림첩이 전한 대로 후퇴한 후 기회를 엿보는 것이 옳은 일일 수도 있었으나 호패왕은 그렇게 하지 않았다.

선조들로부터 물려받은 내 땅, 내 가족, 내 삶.

무인으로 태어나 근거를 잃어버린 채 떠돌아다닌다는 것은 죽음보다 더한 고통이다.

패도문주 육만호는 의형인 호패왕의 뜻을 알게 된 후 한마디도 꺼내지 않고 전선을 사수했다.

천문과 수라맹의 공격에 야금야금 전력이 소멸되어 갔으나 그는 끝끝내 의형을 배신하지 않고 철혈문의 뒤를 지켰다.

동인(銅仁).

호남성과 경계를 이루는 귀주의 최북단 도시를 말한다.

철혈문의 본거지로 인구 팔만에 달하는 커다란 도시였다.

호패왕이 남아 있는 이백의 무인들을 이끌고 다가오는 천검회의 전력에 맞서기 위해 방어선을 마련한 것은 대둔산 자락이었다.

부족한 병력으로 두 배가 훨씬 넘는 적들과 맞서기 위해서는 험준한 지형을 배경으로 싸우는 것이 가장 효율적인 것이었다.

"어디까지 왔느냐?"

"상홍으로 추정되옵니다."

"크크. 다 왔군."

상홍이라면 불과 십 리 전방이란 뜻이다.

그랬기에 호패왕은 대도를 옆에 끼고 멀리 보이는 지평선을 바라보았다.

철혈문에 가담해서 치열하게 싸운 병력의 숫자는 예하 중소 문파의 무인들까지 감안해서 거의 천이백에 달했다.

그것은 여기 대둔산을 지키는 이백을 제외한다면 천 명이란 숫자가 전장의 이슬로 사라졌다는 뜻이었다.

자신을 위해 죽어간 수하들이 하나씩 구름 속에서 떠올랐다.

그중에는 어릴 적부터 같이 자랐던 친동생 막여도 있었고 사촌 동생들도 있었다.

그러나 그들의 죽음보다 더욱 그를 괴롭힌 것은 평생을 그와 함께했던 총사 여문과 전투부대의 수장들이 하나둘씩 목숨을 잃어갔다는 것이었다.

슬프고도 슬프다.

자신과 함께 귀주를 호령했던 철혈의 무인들은 이제 세상에 남지 않았고 오직 몇 명만 남아 마지막 승부를 기다리는 중이었다.

그의 앞에 서서 질문에 대답했던 투혈당주 감황의 입이 다시 열린 것은 호패왕의 시선이 구름에서 떨어졌을 때였다.

"주군, 패도문 쪽에서 벌써 세 시진째 소식이 없습니다. 아마⋯⋯."

"모두 전멸했다고 생각하느냐?"

"마지막 전서에 적의 선두가 보인다는 내용이 쓰여 있었습니다. 시간상으로 봤을 때 끝났을 것입니다."

"그렇겠구나."

호패왕의 고개가 천천히 끄덕여졌다.

모든 것을 초월했으니 아무런 미련도 남아 있지 않았지만 의동생인 육만호가 죽었다는 생각이 들자 자신도 모르게 눈물이 주르륵 떨어졌다.

오십 년의 인연 속에서 언제나 밝게 웃으며 자신을 대했던 의제는 더 이상 세상에서 숨 쉬지 않는다.

패도문이란 강력한 문파를 이끌고 있었으니 광서에서 제왕처럼 살 수 있었음에도 전 문도를 이끌고 귀주로 넘어온 것은 오롯이 자신에 대한 의리 때문이었다.

"날 원망했을까?"

"그러지 않았을 것입니다. 그분은 주군을 언제나 좋아했으니 마지막 순간에도 주군을 보고 싶어 하셨을 겁니다."

"그래, 그랬을 거야. 하지만 미안해하지 않을 생각이다. 곧 다시 만날 테니 거나하게 술 한 잔 사면 돼. 그놈은 성격이 털털해서 술이 들어가면 마지막 순간 생살이 찢어지던 그 아픈 기억도 금방 잊을 테니까……."

천검회의 병력이 대둔산이 바라보이는 벌판에 나타난 것은 석양이 점차 짙어지는 미시 무렵이었다.

구백에 달하는 무인들의 숲.

외관상으로는 철혈문과 팽팽한 접전을 펼친 것으로 보였겠지만 속을 들여다보면 죽어나간 자들은 귀주 남부의 중소 문파 무인들이 대부분이었다.

삼전 육당의 수장들 중 오직 둘만이 목숨을 잃었고 삼화, 오룡, 칠수, 구혈객, 십이도, 이십삼객, 삼십이파 등의 특수 타격대도 칠 할이나 생생하게 남아 있었으니 굳이 천검회의 손실을 따진다면 삼 할이 조금 넘을 뿐이었다.

세상에 알려진 것보다 숨겨진 천검회의 전력은 훨씬 강하고 무서워 무림첩에 의해 동맹 관계가 깨지자 가차 없이 본색을 드러내며 압도적인 무력으로 철혈문을 압박했다.

철혈문의 전력 상당수가 처참하게 무너진 것은 최근 오 일 만의 일이었으니 천검회는 자신들의 전력을 철저히 감추고 있었던 게 분명했다.

"자릴 잘 잡았군."

"대둔산 자락을 무덤으로 삼을 생각인 모양이군요. 대형, 제가 나가겠습니다."

"무슨 소리냐?"

"삼군 병력만 가도 충분할 겁니다. 몇 안 남은 놈들을 협공하는 건 창피한 일입니다."

화검제의 반문에 파우신검 단극이 슬쩍 자신의 애검 홍일천을 들어 올렸다.

파우신검, 단극.

천검회 삼족의 일인이며 백대고수에 당당히 이름을 올리고 있는 절대고수다.

삼군 병력은 무망 지단 등을 포함해서 그가 이끌고 온 병력을 말하는 것이었다.

그러나 화검제는 그의 검을 슬쩍 가로막으며 묵직한 음성을 토해냈다.

언제나 여유 있던 모습은 어디론가 사라지고 그의 눈은 어느새 투기로 번들거리고 있었다.

"단극, 지금은 전쟁 중이다. 무인으로서 승패를 가르는 자리가 아니란 뜻이다. 내 말, 알아듣겠느냐?"

"…대형."

"곧 주군께서 대군을 이끌고 친정을 할 터인데 너의 고집으로 인해 병력을 잃는다면 어찌 얼굴을 들고 주군을 뵐 수 있겠느냐. 우리는 최대한 병력을 아끼고 아껴 전위 역할을 해야 하는 부대라는 것을 잊지 말라."

"소제의 생각이 짧았습니다."

"땅거미가 지기 전에 끝낸다. 그러니 휴식을 끝내고 부대를 정비시키도록."

"존명!"

파우신검 단극은 두말하지 않고 물러났다.

백대고수에 포함될 만큼 절대적인 무력을 지닌 그였으나 화검제의 명에는 일말의 토조차 달지 않았다.

대신 화검제의 명을 받은 제장들이 동시에 허리를 숙이며 우렁차게 복명을 외쳤다.

대둔산 벌판에 도착해서 휴식을 취한 지 불과 이각 만에 내려진 공격 명령이었다.

먼 길을 싸우며 쉴 새 없이 왔으니 지쳤을 것이다.

상처도 입었고 몸도 지칠 대로 지친 상태였다.

그럼에도 각 단 제장들의 명령을 받은 무인들이 자신의 자리로 지체 없이 움직이며 검을 꺼내 들었다.

붉은 석양.

그리고 그 석양 속에서 공격대형을 만들고 있는 무인들이 비장하게 어울리며 끈적끈적한 살기들을 만들어냈다.

누군가를 죽여야 하는 전장에 선 사내들의 숨결.

뜨겁고 거친 호흡이 대지에 부는 바람을 맞으며 차갑게 얼어붙고 있었다.

호패왕은 천검회의 무인들이 진격 대형으로 전열 정비를 마치자 남아 있는 수뇌부를 불러 모았다.

수뇌부라 해 봤자 투혈당주 감황을 비롯해서 한서 지단에 나타났던 철혈칠십이도의 수장 강문 등을 합해 모두 일곱이다였다.

그들도 호패왕처럼 전신이 상처투성이로 덮여 있었는데 핏자국도 지우지 못한 상태였다.

자신의 자묵도를 끌어당긴 호패왕의 입이 천천히 아주 느리게 열렸다.

"이제 공격할 모양이구나. 혹시 가고 싶은 사람 있느냐?"

수뇌부에게 말한 것처럼 들렸으나 내공이 실려 있었기 때문에 전 병력이 다 들었다.

호패왕은 떠날 사람에게 기회를 주고 싶은 모양이었다.

그러나 아무도 움직이지 않았다.

이런 분위기에서는 검을 내려놓고 떠난다 해도 비겁하다는 말조차 하지 못할 상황이지만 이백의 병력은 꼼짝하지 않은 채 호패왕을 바라볼 뿐이었다.

다른 때 같았다면 고맙다는 말이라도 했을 텐데 호패왕은 묵묵히 자리를 지키고 있는 철혈문의 무인들을 향해 아무런 말도 하지 않았다.

오직… 같은 시간, 같은 하늘 아래서 그들과 같이 죽는 것만이 그들에 대한 보답이니 더 이상의 말은 필요 없었다.

자묵도를 천천히 꺼내어 어깨에 걸쳤다.

대감도의 일종인 자묵도는 일반 칼보다 배는 무거웠고 길이도 한 자나 더 길어 중병에 속하는 기병이었다.

천검회의 무인들이 마치 메뚜기 떼처럼 벌판을 지나 둔덕을 넘어오는 것이 보였다.

전략도 없고 전술도 없다.

그저 힘이 닿을 때까지 죽이고 죽이다가 더 이상 버틸 힘이 없게 되었을 때 편안히 눈을 감으면 된다.

좌우를 돌아보자 수하들이 자신을 향해 처연한 미소를 짓고 있는 것이 보였다.

마주 웃어주었다.

자신의 삶을 되돌아보니 이렇게 당당히 맞서지 못했던 것에 대한 후회가 들었다.

천검회가 귀주에 처음 나타났을 때 이렇게 싸워야 했다.

쫓기고 쫓겨 북부로 밀려나는 수모를 겪느니 전력을 기울여 멋진 한판 승부를 펼치고 장렬히 산화했다면 이런 후회는 남지 않았을 것 같았다.

눈을 잠시 감자 돌아가신 선부가 떠올랐다.

서른 중반에 이미 철혈도법을 대성해서 귀주의 최강자로 등극한 아들을 보며 선부께서는 언제나 따뜻한 웃음으로 격려를 아끼지 않으셨다.

돌아가시면서 남긴 유언.

철혈문을 무림 명문으로 키워달라는 선부의 유언이 떠오르자 가슴이 찢어질 듯 아파왔다.

무림의 명문으로 자리 잡는 건 고사하고 자신의 대에서 이렇듯 부끄러운 모습을 보였으니 죽더라도 선부를 뵐 면목이 없었다.

그럼에도 호패왕은 눈물 대신 웃음을 매달았다.

결과는 좋지 않았지만 그렇다고 평생을 살아온 삶에 후회만 있는 것은 아니었다.

사랑하는 사람과 한평생을 살았고 목숨마저 주고받은 수하들도 수도 없이 많았다.

사랑과 의리를 얻은 채 한평생을 살았으니 그리 못 산 인생은 아니다.

그리고 또 하나.

무인으로 태어나 이렇게 멋진 죽음을 맞이하게 되었는데 어찌 후회와 절망만이 남았겠는가.

지그시 눈을 들어 전방을 바라보자 벌써 난전이 벌어지고 있었다.

천검회 측도 시간을 끌려는 의도가 전혀 없는 것 같았다.

멀리서 다가오는 거대한 기운.

전장의 뒤편에서 싸움을 관장하며 다가오는 절대고수의 기세.

그냥 바라만 봐도 금방 알 수 있을 정도로 숨 막히는 기세는 화검제의 존재를 가르쳐 주는 것이었다.

화검제가 귀주에 나타난 것은 그가 막 문주의 자리에 등극했을 때였다.

처음에는 존재를 무시했으나 삼 년이 지나지 않아 그가 자신을 뛰어넘는 무신이라는 것을 알았다.

정말 하늘에서 툭 하고 떨어진 것처럼 나타난 절세의 고수.

남궁세가의 검성을 꺾은 그에게 천하인들은 화검제란 명호를 선사하며 무천십제라는 극존의 위치로 올려놓았다.

정말 신비로운 사내였다.

아무도 그가 어디서 왔는지, 사문이 어딘지, 심지어 어디 사람인지조차 알아낼 수 없었다.

마치 과거가 없는 사람처럼 그는 그저 어느 날인가 불쑥 귀주에 나타났을 뿐이었다.

마지막 가는 길. 화검제를 만나고 싶다.

무인의 꿈은 자신보다 강한 고수의 검에 죽음을 당하는 것이니 그의 발걸음은 자연스럽게 화검제 쪽으로 향했다.

워낙 많은 병력 차이였을까. 철혈문의 무인들은 마치 거대한 파도에 휩쓸려 나가는 모래처럼 그렇게 산산이 부서져 나가고 있었다.

안타까웠으나 슬퍼하지 않았다.

수하들도 자신의 죽음을 슬퍼하지 않았을 것이다.

어깨에 걸쳤던 칼을 고쳐 잡고 앞으로 나가기 시작했다.

운명이 그를 버렸으나 그는 아직도 무림십왕 중의 일인인 절대고수였다.

자묵도가 피처럼 붉은 기운을 뿜어내며 주변으로 몰려든 천검회의 무인들을 소멸시켰다.

단숨에 다섯의 목숨을 끊어낸 자묵도는 끊임없이 연환 되며 도기의 물결을 사방으로 뿜어냈다.

폭풍 같은 진격.

그가 가는 곳은 지옥으로 변했고 수많은 목숨이 이슬처럼 사라져 갔다.

절대고수의 위엄은 이토록 무섭고 강력한 것이었다.

그토록 무섭게 몰아치던 천검회의 진영은 그의 돌진에 의해 거짓말처럼 반으로 갈라지며 화검제가 있는 곳까지 갈 수 있도록 길을 열어주었다.

얼마의 시간이 지났을까.

석양은 짙어질 대로 짙어져 하늘에 불꽃을 피워 올리는 중이었다.

이미 철혈문의 무인들은 서 있는 자가 없었고 오직 그만이 남아 기어코 화검제의 앞에 섰다.

온몸을 피로 적신 호패왕의 모습은 마치 악귀처럼 보일 지경이었으나 화검제는 눈처럼 하얀 백의를 입고 있어 두 사람의 모습이 극명하게 대비되었다.

이곳까지 오면서 천검회의 막강한 무인들을 상대로 전력을 쏟아낸 호패왕의 숨결은 거칠어질 대로 거칠어져 마치 신음처럼 울려 나왔다.

"화검제, 그대의 모습이 참으로 귀하게 보이는구려."

"고마운 말씀이오."

"당신도 그동안 힘든 삶을 살았겠소. 정체를 밝히지 못하고 어둠 속에 살았으니 어찌 그 삶이 편안했겠소."

"나름대로 즐거운 삶이었소. 내 대에서 선대의 염원을 풀 수 있다는 희망을 가지고 살았으니 힘들기만 한 것은 아니었소."

"그렇다면 다행이오."

"내가 귀주에 나오면서 그대의 소문은 참으로 많이 들었소. 진정한 무인이 드문 이 시대에 당신과 같은 무인을 상대로 싸울 수 있었던 것도 내 복이란 생각이 드오. 장렬히 산화한 당신의 수하들은 내 고이 묻어줄 테니 후회 없이 가시오."

"당신의 검을 보여주실 수 있겠소?"

"웃으면서 가실 수 있도록 가장 좋은 검을 보여 드리리다."

무림첩의 영향력은 컸다.

천하북동을 제외하고 들불처럼 번져 나갔던 전쟁의 불길은 무림첩에 의해 일시에 수그러들며 정지되었다.

비슷한 생각과 이익으로 동맹을 맺었던 세력들은 전쟁의 상흔을 입은 채 자신들의 근거지로 돌아갔다.

철혈쟁투에 이어 청당전도 멈췄고 안휘전도 거짓말처럼 멈춰 버렸다.

그렇게 전쟁은 일시에 중지되었다.

그러나 그 전쟁에서 무림이 입은 피해는 상상을 초월할 정도였다.

삼십팔세 중 철혈쟁투를 벌였던 철혈문과 패도문이 패망하였고 청당전에서 대도문의 무차별적인 공격을 맞이한 아미파는 결국 피해를 감당하지 못하고 봉문을 선언했다.

그뿐만이 아니었다.

안휘전의 발단이 되었던 화월곡이 무풍사의 기습 작전에 말려들어 소풍에서 전멸하였고 팔황문과 전면전을 벌이다가 문주인 적풍마사 단곡이 죽음을 맞이하면서 금사련은 폐문의 길을 걷고 있는 중이었다.

삼십팔세 중 다섯 개의 세력이 완전히 파괴되었으나 천하무림이 입은 타격에 비한다면 그것은 아무것도 아니라고 할 수 있을 정도였다.

청당전과 안휘전, 그리고 철혈쟁투에 가담했던 삼십팔세는 스물여덟이었다.

하지만 실질적인 쟁투에 참여한 문파의 숫자는 셀 수 없을 정도로 많았다.

패주들의 곁에서 머물던 수많은 중소 문파들이 싸움에 가담하면서 피가 강이 되어 흘렀고 산하는 시신으로 뒤덮이고 말았다.

아무도 이기지 못한 전쟁.

그 전쟁 속에서 천하의 칠 할에 달하는 세력들이 만신창이로 변하고 말았으니 전쟁은 그쳤으나 무림은 통곡 속에 사로잡힐 수밖에 없었다.

천하무림은 상처 속에서 시름에 잠겼으나 구룡은 무림첩을 발부하고 강대 세력들이 자신들의 근거지로 돌아가자 지체 없이 곧바로 무림맹 창설을 주창했다.

구룡회를 소집하고 행동을 결정했던 구룡은 점창에서 전해준 정보를 가지고 천왕산을 수색하기 위해 무인들을 파견한 후 다섯 번 만에 극적으로 화산의 번쾌검이 살아 나와 천왕성의 존재를 확인시켜 줌으로써 무림맹 창설을 결정했다.

번쾌검의 정보는 소중하고도 급한 것이었다.

겨우 목숨만 붙어 돌아온 번쾌검은 천왕성의 공격이 임박했다는 말만 남기고 결국 죽음을 맞이했는데, 천왕산은 물론이고 사천 북부와 청해 모두가 천왕산의 근거지이며 현재 병력이 집결 중이라는 사실을 전했다.

또 다른 전쟁의 암운.

이전의 쟁투와는 근본적으로 성격조차 다른 전쟁이다.

문파의 이익이 아니라 무림을 위해 싸워야 하는 전쟁이 어둠 속에 피어난 안개처럼 슬금슬금 다가오고 있었던 것이다.

9장

천하혈사

　거대한 대청에 모여 앉은 사람들의 숫자는 오십이 훌쩍 넘어 육십에 육박하고 있었다.

　그럼에도 대청은 숨소리 하나 들리지 않는 적막감에 사로잡혀 바늘이 떨어져도 들릴 것만 같은 침묵을 지켰다.

　현재 대청에 모인 자들은 천왕성의 전투부대 수장들이 대부분이었고 특수 타격대를 이끄는 자들도 섞여 있었다.

　천왕이십오성 중 불과 여덟만이 자리를 같이했을 뿐이고 나머지는 모습을 보이지 않았다. 그것은 여기에 모인 사람들이 무력의 우선순위가 아니라 전쟁을 위해 모인 자들이란 뜻이었다.

수장들은 출진 명령을 받기 위해 모였기 때문인지 살 떨릴 정도로 강한 긴장감에 사로잡혀 있었다.

얼마나 기다리고 기다리던 출정이란 말인가.

태어나 무인으로 자라면서 오늘만을 위해 살아왔으니 이 순간이 더없이 소중했다.

한참의 시간이 지난 후 분위기가 무르익어 터질 정도가 되었을 때 한 사내가 천천히 입을 열었다.

길고 긴 침묵을 깨뜨리고 나선 것은 바로 중앙 태사의에 앉아 있던 요문이었다.

현재 실질적인 천왕성의 주인이자 대계의 주재자이기도 했으며 오늘 이 자리를 만든 장본인이었다.

"제장들은 들으라. 선대에서 겪었던 좌절과 고통을 이겨내고 결국 우리는 이 자리에 섰다. 그 옛날 우리 선조께서는 천하일통의 꿈을 꾸었으나 결국 그 꿈을 이루지 못하고 청해로 돌아올 수밖에 없었다. 천왕의 힘을 과신한 것이 그 첫 번째 이유였고, 무림을 업신여긴 것이 그 두 번째 이유였다. 들에 핀 꽃은 역경과 고난을 견디고 피어난 것이니 어찌 아름답지 않겠느냐. 오늘 우리의 출정도 그러하다. 우리는 과거의 실패를 반면교사로 삼아 철저한 전략을 수립한 후 때가 오기를 와신상담 기다렸다. 그리고 그때가 바로 오늘이다. 오늘 우리는 천하일통의 대계를 시작하는 첫걸음을 뗀다. 지금부터 총사가 각 부대의 진격로와 전략을 설명할 것이니 제장들은 한 치의 소홀함도 없이 들으라."

"존명!"

전투부대 수장들의 복명은 우레 소리와도 같았다.

긴장에 사로잡힌 수장들의 음성은 은은하게 내력마저 담겨 대청을 흔들리게 만들 정도였다.

천뇌 설운호가 대청의 전면으로 천천히 걸어 나간 것은 복명이 끝나고 또다시 정적이 찾아왔을 때였다.

설운호가 걸어 나간 곳에는 거대한 중원의 전도가 펼쳐져 있었는데 형형색색의 깃발 표시가 수없이 나열되었고 화살표의 방향도 이리저리 어지럽게 움직이고 있었다.

설운호의 음성은 작았다.

하지만 모든 사람의 귀에 정확하게 전달되고 있었는데, 그것은 그가 내력이 담긴 묵음을 쓰기 때문이었다.

"우리 부대는 중원을 향해 삼로로 진군할 것이다. 기존에 진출했던 우리 예하 세력은 각 진격로에 맞추어 순차적으로 합류할 것이며⋯⋯."

천뇌 설운호의 설명이 끝없이 이어지기 시작했다.

무림맹이 구성될 것이란 예측은 물론이고 각 파의 전력이 자신들의 본거지를 지키기 위해 어떻게 연합할 것인지도 일목요연하게 정리되었으며 전력에 맞춘 공격로와 부대의 구성도 세밀하게 계획되어 있었다.

과연 하늘이 선물해 준 특별한 머리를 가진 자다.

중원을 손바닥에 올려놓고 마음껏 요리를 하고 있었으니 무림은 그의 낚싯대에 걸려 발버둥 치는 물고기로 보일 정도로 수립된 계획은 완벽했다.

원탁에 앉아 있는 사람은 모두 다섯.

바로 천왕성주 요환의 아들들이며 주요 전투부대와 특수부대를 맡고 있는 지휘관들이기도 했다.

탁자에는 술병과 안주들이 놓여 있었는데 벌써 몇 순배가 돌았지만 가지런한 모습이었다.

술은 마시되 안주는 건드리지 않았다는 뜻이다.

중앙에 앉아 있던 요문은 자신의 앞에 놓인 잔을 들어 단숨에 들이켠 후 다시 잔을 채우며 동생들을 바라보았다.

좌측에는 둘째인 요홍과 넷째인 요수가 앉아 있었고, 우측에는 셋째인 요량과 다섯째인 요명이 자리를 했다.

무거운 기운.

요문의 호출로 들어왔으나 그동안 당해온 견제를 생각한다면 결코 편한 자리가 될 수 없다.

맏이인 요문이 전권을 틀어쥔 후 그들은 천뇌로부터 끊임없는 견제와 압박을 받아왔다.

원인은 단 하나.

그들 모두가 천왕성을 장악해도 충분할 만한 능력과 자격을 가지고 있었기 때문이다.

지닌 무력은 창천일파요, 성정은 일심정도라.

상황만 변한다면 만인지상의 자리에 오를 수 있을 정도로 뛰어난 사람들이었다.

그랬기에 요문과의 거리는 시간이 지나면 지날수록 멀어질 수밖에 없었다.

자칫 눈 밖으로 벗어나는 순간 목숨을 잃게 될지도 모른다.

친혈육이라도 권력이란 괴물이 중간에 끼게 되면 이성 대신 마성이 발동되는 건 다반사다.

부모도 없고 형제의 피마저 요구하는 것이 비정한 권력의 속성이기 때문이었다.

어릴 적 그들은 그 누구보다 우애 깊은 형제들이었으나 머리가 크고 권력이란 괴물이 눈앞으로 다가오자 점차 마음속에 진심을 숨겨놓고 꺼내기를 주저했다.

요문의 입이 열린 것은 동생들이 자신과 눈을 마주치지 않고 긴장된 모습으로 그저 술잔만 바라보고 있을 때였다.

"홍아, 미안하다."

"무엇을 말씀입니까?"

"오신풍 말이야… 미안해."

"형님께서 시키신 일이 아닌 걸로 알고 있습니다."

"내 사람이 했으니 내가 한 것이나 다름없는 것 아니겠느냐."

"잊은 지 오래입니다."

"잊지 못하는 것 잘 안다. 오신풍은 너와 형제 같은 아이들이었으니 얼마나 슬펐겠느냐."

"……."

단도직입적인 말에 요홍은 이를 악물었다.

그렇다.

여기 앉아 있는 사람들은 피를 나눈 형제들이었지만 오신풍은 자신을 신처럼 떠받들며 죽으라면 죽는 시늉까지 할 정도의 충복들이었다.

그들을 부하가 아니라 형제로 대했으니 마검에게 당해 싸늘하게 식어버린 채 돌아온 시신을 보면서 가슴이 찢어지는 아픔으로 통곡을 했었다.

마검에 대한 원한도 컸지만 천뇌의 행동에 참을 수 없는 분노를 느꼈다.

뻔히 죽을 걸 알면서 보낸 것은 그에 대한 경고였음이 분명했으니 그 원한을 어찌 잊으랴.

그럼에도 참을 수밖에 없었던 것은 경솔한 행동을 하게 되면 자신을 믿고 따르는 수하들을 사지로 내보내게 된다는 것을 너무나 잘 알기 때문이었다.

잊으려고 노력했고 잊기 위해 한동안 술로 세월을 보냈다.

참으로 지랄 같은 일이지만 시간은 약이 되었고 겨우 분노를 가라앉혔는데 요문은 그런 자신의 마음을 다시 건드려 왔다.

냉철한 이성으로 요문의 의도를 파악하는 것이 무엇보다 중요했으나 오신풍의 이야기가 나오자 가슴속에 뭉쳐 있던 응어리가 삐져나오려고 발버둥을 쳤다.

　그랬기에 끝내 짐승 같은 신음 소리를 흘리고 말았다.

　"형님을 원망하지는 않습니다. 하나 천뇌는 우리 형제를 이간질시키면서 서로를 미워하게 만들고 있습니다. 여기 있는 형제들 중 누가 형님을 제거하고 권력을 취하고자 한단 말입니까. 권력에 대한 욕망은 그자가 우리를 치기 위해 만들어 낸 핑계일 뿐입니다."

　"안다."

　"…안다고요?"

　"그렇다. 그러나 총사의 진정한 목적은 그것이 아니었다."

　"그게 무엇입니까!"

　"너희들을 압박함으로써 성의 어떤 세력도 다른 생각을 지니지 못하도록 만드는 게 그의 계책이었다. 내 혈육을 이용한 반간계를 시행함으로써 대계에 어떠한 차질도 발생하지 않게 만드는 것이 그의 진정한 목적이었다."

　"으… 그런."

　요홍뿐만 아니라 나머지 형제들이 전부 무거운 한숨을 흘려냈다.

　요문의 설명을 듣자 왜 그토록 자신들을 총사가 괴롭혀 왔는지 단박에 알아챘기 때문이었다.

척하면 착.

하나만 들어도 어떻게 돌아간 상황인지 단박에 유추 해석하는 능력들을 지니고 있으니 진정 뛰어난 두뇌들의 소유자다.

하지만 그렇다고 안심을 할 일은 아니라 그들의 표정은 금방 다시 굳어져 갔다.

요문의 입이 다시 열린 것은 그들이 원래의 신색을 회복하고 자신을 바라봤을 때였다.

"내가 오늘 너희들을 보자고 한 것은 이제 그런 행동들이 의미 없어졌기 때문이다. 대계가 시작된 이상 누구보다 너희들의 힘이 필요하다. 그러니 너희들은 대계의 완성에 전심전력을 다해주기 바란다."

"그럴 것입니다."

"나는 천하를 얻게 되면 너희들에게 나누어 줄 생각이다. 내 혈육인 너희들이 천하를 경영하는 것은 당연한 일 아니겠느냐."

"정말… 이십니까?"

"지금까지 너희들에게 한 일은 아버님의 뜻을 받들어 선조들의 염원인 천하통일을 위해 어쩔 수 없이 한 것이었다. 그러니 너희들은 노여움을 풀고 천왕성의 대계가 완성될 수 있도록 최선을 다하라. 천하통일은 다른 누구의 것도 아니고 나와 바로 너희들의 일이라는 것을 명심해야 할 것이다."

"알겠습니다!"

천왕성이 사천으로 진출한 것은 겨울에서 벗어나 새싹이
피기 시작했던 춘삼월 닷새째의 나른한 오후 무렵이었다.

번쾌검에 의해 정보를 얻게 된 구룡이 서둘러 무림맹을 결
성하고 병력을 모으기 시작한 것도 바로 그때였다.

사천의 주인으로 자부했던 청성이나 당문은 아예 그들을
막아낼 엄두조차 내지 못했다.

천왕성의 병력은 칠천에 가까웠고, 사천 무림에 미리 진출
해 있던 대도문이 합세하자 팔천으로 늘어났다.

불과 두 달 전까지 피 흘리며 싸우던 사천 무림의 패자 청
성과 당문은 결국 손을 잡지 않았고, 천왕성의 진출을 허용한
채 방어선을 형성하지 못했다.

서로를 원수처럼 대하는 그들은 천왕성보다 서로를 더 미
워해서 연합을 시도하는 것 자체가 불가능한 일이었다.

그러한 행동은 결과를 최악으로 만들고 말았다.

대도문이 선봉에 선 천왕성의 병력은 아무런 방해도 받지
않고 불과 삼 일 만에 도강언(都江堰)까지 밀고 내려왔던 것이
다.

도강언은 청성산과 불과 하루 거리에 있는 도시로 청성 연
합이 주재하고 있는 대읍과도 이틀 거리에 불과했다.

청당전을 위해 모였던 청성 연합의 숫자는 모두 천이백이
었으나 중소 문파의 무인들이 반 이상을 차지했고 청성 진력

조차 당문과의 싸움에서 많은 손실을 입었기 때문에 천왕성의 전력과 비교한다면 상대조차 되지 않는다.

동맹 관계였던 문파들이 자파의 근거지로 돌아간 상태이고 사천 무림이 뿔뿔이 흩어진 마당에 홀로 나선다는 건 자살행위나 다름없다.

그랬기에 청성의 장문인인 만궁자는 연일 거듭되는 회의를 통해 해결책을 찾으려 혼신의 노력을 다했다.

하지만 결론은 언제나 똑같았다.

청성 혼자서 천왕성을 막는다는 건 계란으로 바위를 치는 것과 같은 일이었으니 무림맹이 방어선을 칠 것으로 예상되는 섬서로 후퇴하는 것이 최선책이었다.

무림맹에서는 청성과 당문이 손을 잡고 어떻게든 사천에서 천왕성의 진격을 막아내 주길 바랐지만 그것은 있을 수 없는 일이었다.

이미 혈검쟁투의 여파로 귀주와 광서, 호남이 천왕성 예하 세력인 천검회와 수라맹에 의해 장악되었다.

아직 점창이 운남에 버티고 있으나 천하남서는 천왕성의 세력권에 놓였다고 봐도 무방한 실정이었다.

그런 마당에 천왕성이 사천을 장악한다면 섬서와 호북, 강서를 잇는 선이 천하통일전의 주요 전선으로 자리 잡게 될 것이다.

그리고 그 예측은 정확하게 맞아들어 무림맹은 각 문파를 삼로로 구분해서 각각 섬서와 호북, 강서에 방어선을 쳤고 천왕성도 병력을 나누어 삼로로 진격하기 시작했다.

천왕성과 무림맹의 첫 전투가 벌어진 것은 청성이 고심 끝에 섬서로 병력을 후퇴시키고 홍천에 방어선을 쳤던 삼월 보름이었다.

개전(開戰).

무림 역사를 송두리째 바꾸어놓은 천왕성과 무림맹의 전쟁은 청성과 대도문의 공방전을 시작으로 그렇게 개전되었다.

진달래가 온 산을 붉게 물들이던 그날.

진달래는 꺾였고 산을 붉게 물들인 건 방금까지 살아서 생생하게 움직이던 무인들의 피로 바뀌었다.

장문인인 청현자가 왼팔이 잘린 채 돌아오자 점창 무인들의 분노는 극에 달했다.

자격이 없기 때문에 받아들일 수 없다는 구룡의 결정을 안 순간 남아 있던 청면자와 청우자를 비롯해서 점창의 전 문도는 이를 악문 채 뜨거운 눈물을 흘려냈다.

무림을 위해 희생한 것이 잘못이었단 말인가.

참으로 어이없는 것이었지만 그렇다고 반박하기엔 현실이 너무 각박했다.

백날 말로 따져 봐야 결과는 변하지 않는다는 사실이 점창 무인들을 슬프게 만들었다.

길고 긴 침묵.

그러나 그 침묵은 그리 길지 않았다.

누가 시켜서가 아니라 전 문도가 스스로 내린 결정은 미친 듯 수련에 빠져 드는 것이었다.

장문인이 한 팔을 소림에 남기며 구룡에게 선언했다는 약속을 그들은 생생히 기억하고 있었다.

때가 되었을 때 구룡을 하나씩 찾아가서 피눈물을 흘리게 만든 원한을 갚겠다는 약속.

그들은 그 약속을 지키기 위해 이를 악물고 검귀의 길로 접어들었다.

세 달 전 점창으로 돌아온 운호는 가장 먼저 운문으로 들어가 나오지 않았다.

자석처럼 붙어 다니던 운상과 운여마저 어디론가 사라졌기 때문에 운문을 찾는 사람은 아무도 없었다.

오기조원(五氣朝元)을 통과한 운호의 몸은 천룡무상심법을 운용할 때마다 점점 부양되는 높이가 높아져 최근에는 일 장까지 떠올랐다.

신체에 남아 있던 공청석유의 약효를 완전히 몸으로 흡수함에 따라 몸에서 빠져나온 용들은 선명함을 넘어 마치 살아서 움직이는 것처럼 노닐며 마음껏 선음을 뿜어내었다.

기경.

오기조원에도 그 성취에 따라 경지가 다른데 운호의 내공은 극으로 치닫고 있었다.

이제 남아 있는 무공의 경지는 오직 등봉조극(登峯造極)뿐이었다.

그 옛날 후예사일을 완성해서 태양을 베었다는 만천자조차 오르지 못했다는 전설 속의 경지.

등봉조극에 이르면 신선으로 진입할 수 있는데, 도인들이 추구하는 꿈의 경지가 바로 그것이었다.

운호가 운문으로 들어와 전력을 다해 수련한 것은 아직도 완성되지 않은 후예사일이었다.

아침에 일어나 잠이 들기까지 그의 뇌리 속에서 움직인 것은 오직 후예사일을 관조하는 것뿐이었다.

후예사일은 깨달음의 검법이었다.

깨달음이 선행되지 않는다면 검을 꺼낼 의미조차 사라지게 된다는 뜻이다.

강호를 종횡하면서도 시간이 날 때마다 후예사일을 완성시키기 위해 노력했다.

십오천강과의 싸움에서 상처조차 입치 않는 악전고투를 피할 수 있었던 것은 육 성에 달한 후예사일을 펼쳤기 때문이었다.

대적불가의 검.

그토록 무서운 기세를 뿜어내던 절대의 고수들이 아직 완성조차 되지 않은 후예사일을 버텨내지 못하고 검하의 고혼이 되어 쓰러져 갔다.

쓰러진 그들을 보며 몸을 떨고 말았다.

과연 이 검을 익혀야 되는가란 의문이 들 정도로 너무나 강한 검법이었다.

점창으로 돌아오기 전까지 한동안 수련을 중지했던 것은 바로 그런 이유가 있었기 때문이었다.

파멸의 검을 익힌다는 것은 진정 두려운 일이었다.

그러나 자신의 생각과는 다르게 천하는 정복을 원하는 무서운 세력의 암계에 걸려들어 피를 흘리기 시작했고 구룡 회복을 원하던 점창은 피눈물을 흘리며 장문인의 팔을 소림에 남겨둔 채 돌아와야 했다.

강해져야 했다.

누구도 대적하지 못할 정도로 강해져야 산하에 흐르는 피를 멈출 수 있다는 차가운 현실이 운호로 하여금 후예사일을 관조토록 강요하고 있었다.

점창의 장문인이 머무는 상청관에 장로들이 모여든 것은 천하통일전이 시작된 지 한 달이 지난 후였다.

신응들이 보내온 정보에 따르면 천하는 반으로 나뉘어 끊임없는 전쟁을 벌이고 있었다.

천하통일전을 다른 말로 쟁패동서전이라 부르게 된 배경에는 서쪽 무림의 무인들이 대거 천왕성 쪽에 가담하며 무림맹에 대적의 깃발을 올렸기 때문이었다.

강대 세력들이 모두 빠져나간 서쪽 무림은 천왕성이 진입하자 쌍수를 들고 환영하며 전투의 선봉에 서기를 자청했다.

힘없는 자들의 어쩔 수 없는 선택.

보호막이 걷혀진 상태에서 불나방처럼 목숨을 걸고 싸운다는 것은 자살행위나 다름없는 것이니 가족들과 소속된 무인들의 안위를 위해 그들은 천왕성의 영향력 아래에 들어가는 것을 주저하지 않았다.

의협은 개나 줘야 할 일이었다.

이런 전쟁에서 생각할 수 있는 것은 의와 협이 아니라 생과 사였다.

또 한 가지, 그들이 그런 선택을 할 수 있었던 이유는 어떤 놈이 천하를 가진다 해도 똑같은 결과가 올 것이란 편협한 생각 때문이었다.

삼십팔세가 패주를 자처하며 지역을 다스릴 때도 그들은 눈치를 보면서 수시로 공물을 보냈고 패주의 행패에 찍소리도 못 한 채 패면 패는 대로 맞아야 하는 삶을 살아왔다.

그랬기 때문에 차라리 천왕성이 무림을 통일하면 더 나은 삶을 살 수 있을 거란 어리석은 생각이 그들의 머리를 지배했던 것이다.

중소 문파의 무인들과 낭인들이 천왕성에 가담할 수밖에 없었던 이유는 그 외에도 숱하게 많았다.

천왕성은 중소 문파와 싸움에 참전하는 낭인들에게 막대한 재물을 나눠 주었다.

그 재물들은 근거를 버리고 떠났거나 패망한 문파들에게서 나온 것이 대부분이었는데, 천왕성은 재물을 탐하지 않았고 자신들에게 협력한 무인이라면 아낌없이 뿌려댔다.

환호작약(歡呼雀躍).

어려운 삶을 살아가던 낭인들과 중소 문파의 무인들의 입에서 천왕성에 대한 칭송이 끊이지 않았다.

어차피 죽는 인생. 한평생 실컷 써보고 죽는다면 그것도 괜찮은 삶 아니겠는가.

소문은 소문을 낳았고 그런 소문은 동쪽 무림의 낭인들까지 천왕성으로 끌어들이는 계기가 되었다.

그 결과 현재 천왕성의 병력은 삼만을 훌쩍 넘어섰다.

직속 병력 칠천에 무림에 뿌려놓았던 예하 세력의 병력이 칠천이었으니 전쟁 초기 천왕성의 병력은 만 사천이었으나 불과 개전 후 한 달이 지나지 않았는데 그보다 배가 넘는 병력으로 늘어났다.

무림맹으로서는 너무나 기가 막힌 일이었다.

천왕성의 세력 자체가 막강해도 천하가 하나의 뜻으로 뭉치면 충분히 꺾을 수 있을 거란 판단을 하고 있었는데 전쟁의 양상은 터무니없는 방향으로 굴러가고 있었다.

"장문인, 결정하신 게요?"

"그렇습니다."

불러놓고 말이 없는 청현자를 향해 차를 한 모금 입에 대었던 청면자가 먼저 입을 열었다.

그의 물음에 지체 없이 흘러나온 청현자의 대답은 한동안의 침묵 속에서 나온 것이었기 때문에 오히려 더 뜻밖이었다.

"어쩌실 요량이오."

"천왕성과 무림맹은 현재 사투를 펼치고 있으나 차츰 무림맹이 밀리는 형국입니다. 속절없이 불어나는 천왕성의 병력 때문에 무림맹은 고전을 면치 못하는 것이지요."

"그래서요?"

"무림맹은 수시로 무림첩을 보내며 정의를 위해 싸워달라는 격문을 제문파에 보내고 있는 상탭니다. 구룡에 원한이 있으나 우리 점창은 의와 협을 숭상하며 유구한 역사 속에서 면면히 전통을 이어왔으니 그냥 있을 수는 없지요."

"그럼 예전에 말한 것처럼 풍운대만 보낼 생각이오?"

"그렇습니다."

"자칫 무림의 웃음거리가 될 수도 있소이다."

"절대 그렇지는 않을 것입니다."

"아니오, 그럴 것이오. 풍운대의 힘이 아무리 강하다 해도 점창 본력이 움직이지 않는 한 천하는 점창의 비겁함을 비웃을 것이오."

청현자의 대답에 청면자가 무거운 한숨을 흘리며 눈을 감았다.

청허자가 영면에 든 후 현재 점창의 최고 어른은 청면자로 바뀌어 있었다.

위치가 누르는 압박감.

한 문파의 최고 어른으로서 점창이 내려야 할 결정에 막대한 영향력을 미치게 된 청면자는 청현자의 말을 들은 후 복잡한 심경을 숨기지 않았다.

당연히 현명한 장문인의 뜻을 거역하지는 않을 것이다.

점창이 쇠퇴의 길을 걸으면서 구룡과 수많은 문파에 업신여김을 당한 사실을 누구보다 잘 아는 그가 천하통일전의 불참을 걱정하는 것은 유구한 역사를 자랑하는 명문 점창의 명예가 손상될 수 있다는 우려 때문이지 장문인을 믿지 못하기 때문은 절대 아니었다.

그것은 다른 장로들도 마찬가지였다.

죽음과도 바꿀 수 없는 명예.

그 옛날 천왕성의 침략에 당당히 맞서 그들의 야욕을 꺾어 버린 선조들의 패기.

후손들로서 어찌 그들의 명예를 외면할 수 있단 말인가.

장로들이 청면자와 비슷하게 눈을 감은 것은 그런 이유였다.

그럼에도 누구 하나 입을 열어 청면자의 뜻에 동의를 표하지 않았다.

명예를 지키다가 쇠락의 길을 걸었던 사문의 고통을 누구보다 뼈저리게 당했으니 가슴은 불편했으나 장로들은 섣불리 참전하자는 말을 꺼내지 못했다.

결국 또다시 입을 연 것은 청현자였다.

"사형들의 뜻이 참으로 깊습니다. 저 역시 점창의 장문인으로 어찌 사문이 오욕의 길로 들어서는 걸 원하겠습니까. 하나 저는 실리를 우선으로 둘 생각입니다. 그 옛날처럼 무모한 싸움으로 사문 전체가 몰살당하는 그런 일은 더 이상 하지 않을 것입니다."

"장문인!"

"제 말은… 참전하지 않겠다는 것이 아닙니다."

"그럼 무슨 뜻이오?"

"참전은 할 것입니다. 그러나 지금은 아닙니다. 풍운대를 내려보내 일단 명분을 세운 후 결정적인 순간이 오면 그때 참전코자 합니다."

"결정적인 순간이라면?"

"구룡이 머리를 숙여 참전해 달라고 부탁하는 순간을 말하는 것입니다. 아마도 그때가 되면 전쟁이 막바지에 달하게 되겠지요."

청현자의 한마디에 되물었던 청우자는 물론 모든 사람이 눈을 커다랗게 부릅떴다.

명분과 실리를 한꺼번에 잡겠다는 뜻이다.

최대한 전력을 보존하고 있다가 결정적인 순간에 나서서 승패를 결정하게 되면 천하는 점창의 도움을 절대 잊지 못할 것이다.

구룡에 대한 복수도 담겨 있다.

천왕성과의 일전은 악전고투일 것이니 구룡은 결국 막강한 전력을 보유하고 있는 점창에게 구원의 손길을 내밀 것이 분명했다.

그 대쪽 같은 자존심을 버리고 말이다.

현재로써 가장 효율적인 방법이기는 했으나 아직도 문제는 많이 남아 있었기에 그동안 가만히 앉아 있던 청문자의 입이 스르륵 열렸다.

"장문인의 뜻은 충분히 알겠소. 그러나 현재 서쪽 무림에서 천왕성의 세력권에 남아 있는 문파는 우리와 당문뿐이오. 그나마 당문은 나은 형편이오. 그들은 자신들의 영역을 버리지 못하고 버티고 있으나 전선과 거의 인접한 곳에 위치하고 있어 공격을 받더라도 무림맹의 지원을 받을 수 있소. 하지만 우리는 다르오. 천왕성이 우릴 공격하겠다고 마음먹는다면 고립된 우리로서는 꽤나 어려운 싸움을 해야 될 터이니 그에 대한 방책이 필요하오."

"그자들은 우리를 쉽게 공격하지 못할 것입니다. 우리를 공격하기 위해서는 꽤 많은 전력을 전선에서 빼내야 될 터이니 당문을 공격하는 것보다 우릴 공격하는 것이 훨씬 어렵습니다."

"허어!"

"그리고 만에 하나 그들이 공격을 해오면 산하의 문도들을 모두 대피시키고 산문을 틀어막을 생각입니다."

"그리고요?"

"아까 말씀드린 것처럼 때가 될 때까지 버틸 것입니다. 어찌 되었든 우리가 세워놓은 결론은 변하지 않을 것입니다."

"참으로 대단하오. 점창은 정말 훌륭한 장문인을 두었구려."

여간해서는 칭찬을 하지 않던 청문자의 입에서 감탄에 겨운 목소리가 흘러나왔다.

정말 한 치의 빈틈도 보이지 않는 전략을 수립한 채 청현자는 장로들을 불러 모았던 모양이었다.

점창산의 산세는 그 어떤 산보다 험악해서 산문을 틀어막고 방어선을 치게 되면 뚫어낼 방법이 없다.

그것은 어떤 절대고수가 와도 마찬가지였다.

풍운대를 내려보낸다 해도 청무자와 청문자, 운풍이 이미 절대의 경지로 진입해 있었고 청면과 청우자는 물론 과거 전대 십삼검의 무력도 계속해서 상승을 걸어 초절정의 단계를 뛰어넘고 있었다.

그것만이 아니었다.

점창 무인들은 칠절문과의 결전 이후 분광과 회풍을 수련하면서 일당백의 전사로 재탄생해 왔다.

만약 지금 전력으로 싸웠더라면 칠절문은 단 하루도 버티
지 못하고 무너졌을 만큼 막강한 전력을 보유하고 있었으니
산문만 틀어막는다면 천왕성이 아무리 많은 병력을 투입해도
절대 점창산을 오르지는 못한다.

대사형인 운곡을 포함해서 풍운대 전체가 나타난 것은 꽃들
이 활짝 피어 운문 전체가 화사하게 변한 사월의 첫날이었다.
그들은 좌정한 채 움직이지 않는 운호와 멀찍이 떨어진 곳
에 소리 없이 내려앉은 후에도 방해하지 않으려는 듯 행동을
절제하며 숨소리조차 조심했다.
만약 운호가 깨달음의 세계에 들어가 있는 상태라면 그들
의 출현은 천추의 한이 될 수도 있기 때문이었다.
그러나 운호의 눈은 그들의 걱정과 다르게 금방 떠졌고 운
곡을 확인하고는 급히 몸을 일으켜 공손하게 허리를 숙였다.
"대사형과 사형들을 뵙습니다."
"벌써 삼 개월을 못 봤는데 여전하구나, 운호."
"버릇이 어디 가겠습니까."
"하하, 그렇지. 그런 게지."
"그런데 어인 일로 이리 전부 오셨습니까. 무슨 일이 생겼
는지요?"
"장문인의 명이 떨어졌다."
"…명이라면?"

"하산해서 천하통일전에 참전하라는 명이시다!"

운곡의 대답에 운호의 몸이 움찔했다.

참전.

산을 내려가 강호로 가게 된다는 걸 의미하는 단어였다.

마치 막아놨던 봇물이 터지듯이 운곡의 말이 끝나자마자 당운영과 한설아의 얼굴이 자신도 모르게 떠올랐다.

약속을 지키지 못할 것이 두려웠다.

또다시 약속을 지키지 못해 그녀를 슬프게 만든다는 건 상상하기조차 싫은 일이었다.

그런데 드디어 산을 내려가라는 명이 떨어졌다.

사랑 때문에 사문의 명을 거역할 생각은 전혀 없었다.

단지 그녀들에게 자신의 소식을 전하고 언젠가 다시 찾겠다는 약속을 지킬 수만 있다면 그것으로 족하다.

『풍운사일』 8권에 계속…

용마검전

FANTASY FRONTIER SPIRIT

김재한 판타지 장편 소설

「폭염의 용제」, 「성운을 먹는 자」의 작가 김재한!
또다시 새로운 신화를 완성하다!

『용마검전』

사악한 용마족의 왕 아테인을 쓰러뜨리고
용마전쟁을 끝낸 용사 아젤!

그러나 그 대가로 받은 것은 죽음에 이르는 저주.
아젤은 저주를 풀기 위해 기나긴 잠에 빠져든다.

그로부터 220년 후……

긴 잠에서 깨어난 아젤이 본 것은
인간과 용마족이 더불어 살아가는 새로운 세상이었다.

Book Publishing CHUNGEORAM

유행이 아닌 자유추구 -
WWW.chungeoram.com

문용신 新무협 판타지 소설
FANTASTIC ORIENTAL HEROES

절대호위

한량 아버지를 뒷바라지하며
호시탐탐 가출을 꿈꾸던 궁외수.

어린 시절 이어진 인연은
그를 세상 밖으로 이끄는데…….

"내가 정혼녀 하나 못 지킬 것처럼 보여?"

글자조차 모르는 까막눈이지만,
하늘이 내린 재능과 악마의 심장은
전 무림이 그를 주목하게 한다.

"이 시간 이후 당신에겐 위협 따윈 없는 거요."

무림에 무서운 놈이 나타났다!